KB110802

우체국 사람들

어머, 공무원이었어요?

우체국 사람들

어머, 공무원이었어요?

이영구 최수경 이현숙 송지은 홍순희

이용숙 김미화 정옥자 박주용 김선희

정인구 강지원 진상현

'나는 누구인가?'

'왜 사는가?'

우체국을 통해서 세상과 연결되고

만들어진 이야기들로

이 질문에 대한 나만의 답을 찾게 해준다.

그 어떤 철학자보다 철학책보다도

깊이 있는 깨달음을 준다.

'우체국이 철학이다!'

허리를 낮춰야 볼 수 있는 곳을 향하여

허리를 낮춰야 너를 볼 수 있을 거야
밟히고 채여 만신창이가 되고
이름도 없고 아무의 관심도 없는 너
어쩌면 내일이면 없을 수도 있겠지만
그래도 빛은 너를 외면하지 않아
거칠고 험한 세상이
네게 물 한 모금 적선이나 했을까마는
너를 위해 나만이라도 발걸음을 조심해야지
내일도 살아 있어라
또 볼 수 있게
그때 아픈 꽃이라도 달고 나와라
한 번 더 내 허리를 낮춰주마
네가 볼 수 있게

– 최수경의 '우체국 앞 틈새에 핀 들꽃' 전문

글은 사람입니다. 사람은 글입니다. 아무리 수려한 글이라도 사람을 뛰어넘을 수 없습니다. 아무리 훌륭한 사람이라도 딱 글만큼 드러나기 마련입니다.

우체국 앞 틈새에 핀 들꽃조차도 함부로 대하지 않는 우체국 사람의 마음이 아름답습니다. 그 어떤 저택의 잘 가꾸어진 화려한 꽃보다 우체국 작은 건물 앞에 보잘 것 없는 꽃이라도 진솔하게 교감하는 마음이 눈부십니다.

우체국만 생각하면 괜히 설레던 시절이 있었습니다. 우체국을 중심으로 세상의 모든 그리움과 기다림이 물들어가는 줄만 알았던 시절입니다. 그 시절의 낭만과 로망을 품고 살아가는 이들이 많습니다. 우체국 창구에서 밝은 미소로 반겨주는 이들을 그리워하며 살아가는 이들도 많습니다. 마을마을 구석구석 희소식을 기다리는 사람들의 마음을 헤아리며 사람 좋은 미소를 짓던 우체부 아저씨를 그리며 살아가는 이들도 많습니다.

우체국에서 일하는 사람들은 공무원이 맞습니다. 하지만 세월이 흐르면서 우편배달만이 아니라 국책과 관련된 지역 특산품과 예금·보험 상품 등 수익사업을 위해 일하다 보니 지인들로부터 "니 공무원 맞나?"는 말을 들을 때가 많았다고 합니다. 2018년에 방사능이 유출된 라돈침대 회수에 우체국이 앞장서야 했던 것처럼 위험에 노출되어 있는 일을 도맡아 하는 것을 보면 분명히 공무원이 맞습니다. 국민을 위해 희생해야 하는 궂은 일을 해야 할 때는 공무원이 맞는데, 수익을 창출해야 하는 지역특산품과 예금·보험 상품 등의 판매에서는 사기업의 종사자들처럼 일해야 할 때는 '과연 공무원이 맞나?' 싶은 정도로 많은 애환을 겪고 있습니다.

"어머! 공무원이었어요?"

이 말에는 공무원은 분명한데 업무에서는 공무원 아닌

것 같은 일도 해야 하는 우체국 사람들의 애환이 담겨 있습니다.

여기 우체국에서 이삼사십 년 몸담아 오신 분들을 모셨습니다. 퍼내고 퍼내도 마르지 않는 우체국 미담은 너무 많아서 최대한 줄였습니다. 가급적 우체국에 오랫동안 몸담아 오면서 공무원이지만 공무원 아닌 듯한 길을 걸어오신 분들의 진솔한 삶을 보여드리고자 했습니다.

이 책은 우체국이라는 한 직장에서 온 열정을 바친 분들이 피와 땀으로 거둬들인 소중한 열매의 보물창고입니다. 지금 이 순간에도 우체국 현장에서 비지땀을 흘리는 우체국 사람들의 꿈과 희망을 열매로 맺기 위해 뿌리는 씨앗들의 총합입니다.

글은 과거의 열매이자 미래의 이정표입니다. 한 직장에서 삼십년 이상 일하신 분들의 경험담은 분명히 이 시대의 훌륭한 이정표가 될 것입니다. 전국의 우체국에서 근무하는 후배들은 물론이고, 국민을 주인으로 섬겨야 하는 공무원들과 지역특산품이나 예금·보험상품을 판매하는 지역 일꾼이나 영업인들에게, 또는 우체국 하면 마냥 설렜던 경험을 가졌던 기성세대와 시대가 바뀌면서 우체국과 소원해지는 젊은 세대들에게 재미와 유익함으로 다가서는 소중한 삶의 지침서가 될 것이라 믿습니다.

책이 나올 수 있도록 물심양면으로 배려해주신 우정공무원교육원 이영구 원장님과 작은 것 하나 빠트리지 않고 챙겨주신 강진영 선생님께 감사드립니다. 아울러 바쁜 업무 중에도 촌음을 아껴가며 옥고를 집필해 주신 열세 분의 공동 저자님들께도 감사드립니다.

출판이안 대표 이인환

3 부　　　잘 살고 있겠지?

4 부   전 세계 여러분께 외칩니다

5부   내 마음의 영원한 멘토

그곳에 우체국 사람들이 있습니다

1부

빨간 우체통

이영구

너는 빨간 우체통

번잡한 거리에 무심한 듯 서 있는
한적한 곳에 정적을 깨는 듯 서 있는
너는 빨간 우체통
정열로 한 평생 살아온 듯 서 있는
너는 빨간 우체통

너는 언제나 조건 없이 마음을 받아 주지
나의 마음도 말이야
기쁨, 즐거움, 슬픔은 상관없이
나의 마음을 먼저 알아주지

너의 마음은 누가 알고 있니
너의 마음을 누구에게 주려고 하니

그냥 세상에 가까운 친구로 남아 있어주렴
모든 친구의 사랑으로

너는 빨간 우체통

언제까지 빈 맷돌만
돌릴 것인가?

정인구

노무현 대통령 집권 시기에 IT강국을 표방한 정부에서 파격적인 인사를 단행했다. 관료조직에 대기업의 경영방식을 접목시켜 공직사회 IT분야에 새 바람을 일으키고자 삼성전자 부사장이었던 진대제 씨를 정보통신부 장관으로 임명한 것이다.

우체국도 정보통신부 소속 정부기관이라 주요업무계획, 업무보고 작성 보직을 담당하고 있었는데 모든 보고는 파워포인트로 보고하라는 지시가 내려왔다. 보고할 때 활용할 PT템플릿이 최하위 조직인 우체국까지 배부되었다.

업무보고 담당인 나는 이중고를 겪어야 했다. 기존에 해오던 한글보고서 외 파워포인트 사용법을 배워야 했다. 보고서 작성시간도 엄청나게 소요되었다.

당시 APEC 등 대형 국제행사가 부산에서 열렸고, 수시로 개최되는 직·청장회의 보고서를 작성하느라 많은 에너지가 소비되었다. 보고서 초안1, 초안2, 초안3….

과장 검토1, 과장 검토2, 과장 수정1, 과장 수정2….

청장 보고 1, 2, 3, 4, 청장 수정 1, 2, 3, 4….

최종 수정분 1, 2, 3, 4….

과장 검토를 거쳐 청장님 마음에 드는 보고서를 만들기 위하여 수정에 수정을 거듭하여 최종보고서가 작성되었다.

"이렇게 많이 수정할 거면 보고할 당신이 직접 작성하면 될 건데…."

그때 보고서를 작성하면서 진대제 장관님과 청장님 불평을 참 많이 했었다. 하지만 그 덕분에 PT작성 실력은 엄청나게 늘었다. 돌이켜 보니 그렇게 했기에 IT강국에 적합한 일꾼으로 자리를 빨리 잡을 수 있었다는 자부심이 든다.

무슨 일이든 부정적으로 하면 불만투성이지만, 긍정적으로 하다 보면 그 속에서 새로운 것을 찾아 나날이 발전하는 나 자신을 발견한 것은 내게 정말 큰 소득이었다. 그때부터 나는 아무리 힘든 일이라도 그것을 통해 얻을 수 있는 긍정적인 면을 먼저 보는 습관이 생겼다.

맷돌에 콩을 넣지 않고 돌리면 돌가루만 나온다. 우리는 종종 머리를 '돌'에 비유하는데, 마찬가지로 머릿속에 아무

것도 넣지 않고 돌리면 돌가루만 나오는 것은 뻔한 이치다. 두부를 만들기 위해서는 맷돌에 콩을 넣어야 하듯이 좋은 보고서를 만들려면 우리 뇌에도 그에 적합한 재료를 넣어야 한다.

그렇다면 우리 뇌에 가장 적합한 재료는 무엇이겠는가? 바로 독서다. 돌머리를 아무리 돌려봤자 창의적인 아이디어와 좋은 보고서가 나오겠는가? 독서를 통해 그에 적합한 재료를 적절히 넣고 돌릴 수 있어야 한다.

PT보고서 작성도 마찬가지였다. 파워포인트 기술뿐만 아니라 보고서에 담을 충분한 내용을 갖춰야 했다. 그런데 머리에 든 것이 없었으니 어떠했겠는가? 그만큼 고생을 더 할 수밖에 없었던 것이다.

PT보고서를 작성할 때 힘들었던 것은 복잡한 형식이 아니라 정작 그 안에 담아야 할 내용을 충분히 갖추지 못했다는 것이다. 텅 빈 뇌 속에 적합한 재료를 넣을 생각은 하지 못하고, 맷돌 돌리듯 열심히 머리와 몸만 돌렸으니 고생할 수밖에 없었던 것이다.

지금은 그런 경험이 있기에 독서의 소중함을 절실하게 느끼고 있다. 일주일에 1권 이상은 반드시 읽고 있다. 책속에서 아이디어를 찾아 업무에 활용하고, 문제해결 방법을 찾아가고 있다.

급변하는 4차산업혁명 시대에 어떻게 살아남을 것인가? 지금은 단순한 지식이 아니라 '통합, 융합, 연결, 창의성'을 필요로 하는 시대다.

'젊었을 때 좀 더 많은 책을 읽었더라면….'

이런 후회는 들지만 이미 지나간 세월, 후회만 하며 보낼 수 없다. 언제까지 돌가루 떨어지는 빈 맷돌만 돌릴 수 없지 않은가?

나는 요즘 책을 읽을 시간이 있든 없든 늘 책을 손에서 놓지 않는다. 지하철, 노는 버스를 기다릴 때 책을 읽는다. 시끄러울 것 같은데 집중도가 책상에 앉아 있을 때보다 훨씬 높으니 좋다. 약속이 있는 날은 1시간 여유를 두고 약속장소에 미리 도착해서 책을 읽으면서 기다린다. 약속시간에 임박하여 허겁지겁 도착하는 일도 없고 만나는 사람에게 좋은 인상도 주니 참 좋다.

통장 대신
반장을 데려왔는데

최수경

어느 시골우체국 금융담당 창구, 할머니 한 분이 일찍 돈을 인출하러 오셨다.

"할머니 어떻게 오셨어요?"

"돈 조금 찾으러 왔는데."

"얼마나 찾으시려고요?"

"응, 장에 가려고 조금."

"통장 하고 도장 주세요."

"도장만 가지고 왔는데 안 되겠나?"

"통장과 도장을 같이 가져오셔야 돈을 드릴 수 있어요."

"어쩌나 집에 다시 가서 찾아봐야겠네."

"예, 조심해서 다녀오세요."

한참을 지나 할머니께서 모르는 남자분과 함께 오셨다.

"할머니, 통장 찾아 오셨어요?"

"아냐, 온 동네를 다 찾아 다녀도 통장은 어디 가고 없고 마침 반장이 있어서 통장 대신 같이 왔는데 안 되겠나?"

"아이고, 할머니 어쩜 좋아요."

그날 우체국은 웃음바다를 이루었고, 직원들은 하루 종일 그 생각에 웃음을 참지 못했다는 이야기가 전해져 내려오고 있다.

말희, 말혜, 말남

강지원

강말남은 개명 전 이름이다. 딸이 많아서 다음에는 아들 낳고 말겠다는 부모님의 간절한 의지가 담긴 이름 같지만 원래 이름은 강인옥이다. 초등학교 입학식 날 아무리 기다려도 내 이름이 나오지 않았다. 입학식을 마치고 교무실로 갔는데 '강말남'이라는 주인 없는 이름이 하나 남아 있었다.

알고 보니 큰아버지가 내 이름을 호적에 올리려 동사무소에 갔는데, 술 한잔 하시고 간 바람에 깜빡 잊어버리셨다고 했다.

'이름이 뭐더라?'

이때 옆집에 사는 아이 이름이 '끝딕이'라는 것이 떠올랐단다.

"끝내미로 해주소."

그런데 끝이라는 한자가 없어서 '말남'으로 호적에 올린 것이란다. 게다가 동사무소 직원이 착오로 사내 남(男)이 아닌 남녘 남(南)으로 올리는 바람에 내 이름은 말남(末南)으로 불리게 된 것이다.

세상에나! 여자의 이름이 남쪽의 끝이라니?

우체국에 근무하면서 이름 때문에 참 많은 에피소드가 생겼다.

부산 영도우체국에 근무할 때다. 신상품으로 '광고엽서'가 나왔다. 지도실장이었지만 영업과장님의 부탁으로 함께 마케팅을 갔다. 방문업체 대표님에게 명함을 주고받았다.

우리 명함을 받은 대표님은 웃는 얼굴로 우리를 다시 보았다.

'○○우체국 영업과장 김후남.'
'○○우체국 지도실장 강말남.'

명함에 적힌 이름이 대표님의 마음을 열어주는 계기가 되었다. 정말 묘한 이름의 인연이었다.

이것뿐이 아니다. 부산초량 우체국에 근무할 때였다. 점심시간에 2교대로 나누어서 식사를 했다.

어느 날, 업무를 보고 있는데 고객 한 분이 입가에 미소를 지으며 물었다.

"우체국에서는 직원들에게 이름을 지어줍니까?"
"아니요. 왜요?"

고객은 만면에 미소를 지으며 눈짓으로 창구 카운터에 있는 명함을 가리켰다. 거기에는 함께 일하는 동료의 이름 셋이 나란히 놓여 있었다.

"O말희."
"O말혜."
"강말남."

내가 봐도 웃겼다. 결코 우체국에서 고객을 웃기려 일부러 지어준 이름이 아니다.

그땐 그랬다. 딸이 천대받고 아들이 우대받던 시절, 딸의 이름을 아무렇게나 지었던 시절에 웃지 못할 해프닝이었다.

빠른 건가요?

진상현

15년 전의 일이다. 직속 과장님이 불렀다.

"매출액도 올리면서 창구 대기 시간을 확실하게 줄이는 방법을 찾아봐."

나는 고민 끝에 과장님께 해결 방법을 제시했다.

"고객과 대화를 줄이고, 고객 스스로 고가 상품인 빠른 우편만을 선택하게 만들면 됩니다."

과장님과 우편 소속 직원들은 모두 좋은 제안이라고 칭찬과 박수로 나를 응원해 주었다.

우편 창구에서 등기나 소포를 접수하는 방법은 다음 날 배달되는 고가 상품인 빠른 우편과 접수한 지 3-4일에 배달되는 저가 상품인 보통 우편이 있었다.

그날부터 나는 우편 창구로 등기나 소포를 접수하려고 오는 고객을 대상으로 매우 짧은 질문을 던졌다.

"내용물이 무엇이에요?"

"빠른 건가요?"

우체국의 중요 상품인 빠른 우편을 많이 판매하게 되어 우편매출액은 조금씩 올라갔고, 짧은 응대로 고객 대기 시간이 크게 단축되어 동료들의 칭찬이 자자했다.

2주일 후 귀티가 나는 옷을 입고 미모가 출중한 젊은 여자 고객이 나에게 다가와 소포를 건넸다. 고객이 준 소포를 받아들고 항상 했던 질문을 했다.

"내용물이 무엇이에요?"

젊은 여자 고객은 나지막한 목소리로 대답했다.

"속옷이에요"

두 번째 질문을 던졌다.

"빠른 건가요?"

고객은 갑자기 얼굴이 빨개지면서 기어들어가는 목소리로 말했다.

"제가 입었던 속옷이라 빨지 않았어요. 빨지 않은 속옷은 소포로 보낼 수 없나요?"

그 말을 함께 듣게 된 옆 창구 직원들이 박장대소를 하였다. 나중에 상황을 알게 된 고객은 많은 사람들 앞에서 자신을 곤란한 처지로 만든 직원을 처벌해 달라고 민원을 올렸다.

내가 제안한 내용이 큰 민원으로 진행되자 과장님과 직원들은 사실 내가 제안한 내용이 처음부터 맘에 들지 않았다고 말했다.

상황에 따라 나에게 칭찬과 비난이 교차했던, 정말 웃음으로만 넘길 수 없는 씁쓸한 경험이었다.

그곳에
우체국 사람들이 있습니다   최수경

소양댐 수몰지 굽이굽이 돌아 찾아가는 곳

가파른 비탈길 내려다보기도 아찔한 낭떠러지 길

동네사람 다 떠난 골짜기엔

노부부와 오래된 흙집 한 채가 남았습니다

강원도 시골 출신인 나도 이런 곳이 있는 줄은 처음 알았
습니다

자동차는 말할 것도 없고 오토바이도 갈 수 없는

강원도 산골짜기 산비탈 오지마을 노부부 앞으로

도시에 사는 딸에게서 택배 한 통이 왔습니다

한 번 가기도 어렵고 마을이라 부르기도

초라한 오지 중에 오지라

많고 많은 택배사는 어느 하나 들어가지 않는 곳

그래도 우체국은 찾아 갑니다

오랜 전통의 사명감과 책임감 하나로

더러는 택배 하나 둘러메고 때로는 신문 한 통 들고
가쁜 숨 몰아쉬며 비탈길 돌아
족히 두어 시간은 걸어갑니다
누군가는 해야 할 일
보내는 마음 소중하고 기다리는 마음 간절함을 알기에
떠나지 못하고 남은 사람들
몇 날 며칠 사람 구경하기 어려운 곳
어쩌다 찾아오는 우체국 집배원을
멀리 사는 자식보다 반갑고 고맙게 반기는
정을 잊지 못해 찾아갑니다

어제도 오늘도 그리고 먼 내일까지도
그리운 소식 있는 날이면
그곳에는 언제나 우체국 사람들이 있습니다.

삶은 짧은 터치로
이뤄지는 것이 아닌데

이영구

"원장님, 내일 추우니 옷 든든하게 입고 오세요."

평소 퇴근길에 듣지 않던 말이다.

2018년 1월 26일 금요일 아침, 춥고 바람도 세니 웬만해서는 밖으로 나가기도 어려운 날이었다. 그런 날 천안에 있는 안서동으로 우편물 배달 체험을 위해서 밖으로 나섰다.

"와! 진짜 춥네!"

밖으로 나오니 혼잣말이 저절로 나왔다. 차가운 칼바람이 몸속을 파고든다는 말은 많이 들었지만 느껴 본 적은 그리 많지 않은데 오늘 실감한다.

평상시에는 천안에 머무르면서 주말에나 서울 집에 가는 주말부부 생활을 하다 보니 천안 숙소에는 겨울옷을 제대로 갖다 놓지 못했다. 가을철에 입기 적당한 얇은 바지와 점퍼

정도가 전부였다. 장갑도 끼고, 모자도 쓰고, 나름대로 중무장을 한다고는 했지만, 기본(?)이 부실하니 강추위를 막기는 쉽지 않았다. 기본이 왜 중요한지 새삼 깨우치는 계기가 되었다.

교육원 원장으로 현장의 상황을 직접 체험함으로써 교육생들의 실태를 파악하기 위해서는 꼭 해야 할 일이라 생각하고 자원한 일이니 춥다고 누구를 탓할 수도 없었다.

"아, 오셨군요. 추운데 왜 이렇게 얇게 입고 오셨어요?"

안서동 아파트 단지에 도착하니 동천안우체국 집배실장이신 하종식 실장님이 우편물을 가지고 와서 기다리다 반갑게 맞아 주었다.

"우선은 이 점퍼를 입으시죠"

하실장님은 집배원들이 겨울에 입는 점퍼를 건네 주었다. 얼른 입고 나니 우편물 배달과 관련한 몇 가지 교육을 했다. 아파트 현관문을 어떻게 여는지, 경비원 아저씨하고는 어떻게 인사하면 되는지, 우편물을 우편함에는 어떻게 넣어야 하는지에 대한 임팩트 있고 필요한 내용만 전달하는 현장 교육이었다.

'음, 이래서 현장 교육이 중요하지.'

다시 한번 현장체험에 대해 생각하면서 우편물 배달을 시작했다. 왼손에는 우편물을 들고 오른손은 손이 시려서 바지 주머니에 넣고 아파트 현관에 도착했다. 아파트 현관까지 가는 1~2분 정도의 시간인데 번민이 있었다.

'바지 주머니에 손을 넣으면 집배원으로서 자세가 안 좋은 거 아닌가? 추우니 보는 사람도 없고 하니까 주머니에 넣어도 되겠지? 원초적인 본능에 따를 수밖에 없구나.'

아파트에 도착해서 우편물들을 우편함에 넣기 시작했다. 중요한 내용물인지 아닌지는 내게 큰 상관이 없었고, 정확하게 배달하는 게 제일 큰 임무다. 우편함에 동호수를 맞추어서 정확하게 투입해야 했다.

세 시간에 걸쳐 배달하면서 평소 내가 받아 보자마자 무심코 버렸던 우편물들도 이런 어려운 과정을 통해서 나에게 도착했다는 것을 알게 되었다.

'보이지 않는 곳에서의 수고가 많으셨구나!'

새삼 감사함을 느낌과 동시에 '우리 직원들이 이런 어려움 속에서 일하고 있구나' 하는 것도 알게 된 소중한 시간이었다.

어렸을 때 친구에게 편지를 썼던 기억이 있다. 군대에서 부모님께 편지를 썼던 기억과 위문편지를 받았던 기억도 있다. 손으로 쓴 편지에 대한 아련한 추억이 있는 세대임에 틀림이 없다.

그때는 당연히 책상에 편지지와 편지 봉투가 항상 있었고, 저 멀리 자전거를 타고 오는 우체부 아저씨를 보면 우리 집에 편지가 오는구나, 설레는 마음으로 나가서 기다리던 시절이었다.

하지만 지금은 그 시절이 언제였는지 정확히 기억해 내기가 쉽지 않다. 편지를 쓰고 우표를 사서 붙여 본 것도 기억이 잘 나지 않는다.

이번에 우편물 배달 체험을 하면서 손편지 한 통을 발견하지 못한 것은 정말 큰 아쉬움으로 남는다.

'세상이 많이 바뀌었지.'

아쉬움을 되새기면서도 인연의 소중함이 머리에 떠오르는 것은 뜬금이 없다.

우리의 삶은 짧은 터치로 만들어 지는 게 아닌데….

아참,
어제 우리 싸웠지?

강지원

아이들이 어릴 때 맞벌이 아내는 전쟁을 치른다. 업무를 마치고 저녁에 아이를 데리러 가기 바쁘다. 가끔씩 남편에게 아이를 데리고 와 달라고 부탁한다.

"자기, 오늘은 자기가 아이를 좀 데리러 가야겠다. 저녁에 회식이 있어서…"

"그래, 알았다."

남편만 믿고 저녁을 먹고 있는데 놀이방에서 전화가 온다.

"00어머니! 안 오십니까?"

"아이 아빠가 아직 안 오셨나요? 오늘은 아빠가 가기로 했는데…"

"네, 아직 안 오셨어요. 저도 약속이 있는데…"

남편에게 전화를 한다. 아무리 해도 받지 않는다.

할 수 없이 회식하다 말고 아이를 데리러 간다.

밤12시가 넘어서 남편이 들어올 때까지 기다린다. 남편이 오는 소리가 저 멀리서 들려온다. 문 입구에서 기다린다.

"자기 대체 어떻게 된 건데?"

남편은 말을 들었는지 말았는지 아무 대꾸도 않고 방에 들어가서 옷도 벗지 않고 자버린다. 결국은 혼자서 중얼거리다 그날 밤은 잠이 잘 오지 않는다.

아침에 기분이 좋을 리 없다. 남편이 일어나자마자 자초지종을 물어본다.

"그럴 수도 있지, 머?"

남편은 이 한 마디뿐이다. 혼자서 불만을 얘기하다 보면 벌써 출근시간이다.

남편은 주로 지원과 회계를 담당한 적이 많고 난 영업과 쪽에서 대부분 일했다. 일을 하다가 모르는 것이 있으면 서로에게 전화를 해서 물어보는 것이 좋다.

"자기, 있잖아. OOO를 하는데 어떻게 해야 되지?"

묻다가 갑자기 전날 밤이 생각난다.

"아참, 우리 어젯밤에 싸웠재? 끊는다."

전화를 하다가 기분이 좋지 않았던 전날 밤이 생각이 났던 것이다. 전화를 끊긴 했는데 답답한 것은 나였다. 물어봐야 하는데 물어볼 곳이 마땅하지 않다. 하는 수 없이 조금 있다가 다시 전화를 하게 된다.

가끔씩 그때 일이 생각나서 얘기를 하면 남편은 미안해한다.

"내가 왜 그랬지? 아이들 클 때 잘 놀아줬어야 하는데…."

남편의 꿈은 정년 후 아버지 학교를 운영하는 것이다. 직장 생활하느라 일과 가정의 균형을 이루지 못한 것을 후회하고 다른 사람들이 본인과 같은 후회를 하지 않게 해 주고 싶은 것이란다. 술을 좋아하기도 하지만, 사실 술보다는 술마시는 분위기를 마다하지 않는 남편의 성격이라면 충분히 성공할 일이라고 여겨진다.

요즘 사람들이 일과 삶의 조화를 중요하게 여기는 '워라밸'을 강조하는 현실을 고려하면 얼마든지 남편을 믿고 지지해 줄 만한 일이다. 오로지 일과 사람만을 생각하며 살아온 남편이라면 할 수 있다고 본다.

"아참, 어제 우리 싸웠지?"

그렇게 싸우면서도 한 직장에서 업무 때문이라도 화해할수밖에 없었던 지난 일을 떠올리니 그냥 웃음이 난다. 그래도 우리 참 열심히 살았다.

남편의 정년 후 꿈이 꼭 이뤄지길 응원해 본다. 충분히 그럴 만한 자격이 있는 사람이다.

부부공무원으로 산다는 것

정인구

언제나 승진은 남편인 나의 몫이었다. 아내는 '부부공무원'이라는 이유로 승진보직에서 계속 제외됐다. 10년 훨씬 지난 지금까지도 아내는 남편인 나의 승진만 부러워하고 있다.

아내의 동기들은 모두 승진했다. 한 번씩 여직원 모임에 갔다 오거나 정기승진 발표 날이면 어깨가 쭉 처진 채 말 없이 방으로 들어간다.

그런 아내를 볼 때면 항상 마음 한 켠이 아려온다. 그동안 맘고생도 엄청 많이 했다. 어떨 때는 심한 우울증 증세에 시달리기도 했다. 직장인에게 승진이 갖는 의미를 알기에 나는 아내에게 뭐라고 할 말이 없었다.

"그래도 우리는 둘이 일하니까 이해하자."

이런 말이 위로가 될 수 없다는 것을 안다. 하지만 어쩌겠는가? 이렇게라도 위로를 삼지 않으면 가슴이라도 터질 판이었으니.

다행인 것은 이런 어려운 과정을 겪으면서 우리 부부는 사이가 더욱 가까워졌다는 것이다. 특히 아내가 낙천적인 성격을 발휘하면서 우리의 삶을 긍정적으로 이끌어주었다.

함께 책을 쓰고, 강연을 하고, 독서모임 등을 하면서 자기계발에 심혈을 기울였고, 시니어스마트 봉사단 활동을 하면서 이웃에 선한 영향력을 주는 삶을 살기 위해 노력하고 있다.

우리의 삶은 선택의 연속이다. 사르트르는 우리의 삶을 'B(Birth)와 D(Death) 사이에 있는 C(Choice), 즉 선택이다'라고 했겠는가? 사르트르의 말대로라면 우리는 태어나서 죽을 때까지 끊임없이 선택을 해야 하는 운명을 타고난 것이다.

우리 부부에게도 수없이 선택의 기회가 있었다. 승진이 안 될 때 좌절해서 그만 둘 수도 있었고, 부처가 해체되거나 분리되면서 타 부처로 옮길 기회를 잘 잡아 승진을 바라볼 수도 있었다. 아내가 일만큼 승진의 욕심을 부리고 적절한 기회에 부처를 옮겨갔다면 부부공무원이라는 제한에서 벗어나 승진을 했을지도 모른다. 하지만 그런 우리는 그저 맡겨진 일에 최선을 다할 뿐이었고, 묵묵히 앞만 보고 걸어왔을 뿐이다.

부부 공무원으로 살면서 나 때문에 불이익을 받아 온 아내에겐 정말 할 말이 없다. 다행히 늦게나마 승진보직에 배치되었다. 아내는 승진여부를 떠나 나름대로 자신의 자리에서 최선을 다했기에 후회는 없다고 한다.

고맙고 고마울 뿐이다.

친해지려면 공범이 되라

강지원

아침 일찍 나와서 팀장과 같이 청소를 하다가 질문을 했다.

"팀장님! 사람의 기억이 얼마나 갈까?"

"글쎄요. 요즘은 어제 일도 기억을 잘 못해서…. 호호호!"

"그렇지? 나도 그래. 아무리 좋은 일도 머릿속에만 저장해두면 3개월을 가지 못한다네. 우리 잊어버리기 전에 좋은 일이 있을 때마다 메모해서 예쁜 통에 담아두면 어떨까? 기분이 우울할 때 하나씩 꺼내 보면 기분 전환이 될 것 같은데?"

"와. 정말 좋을 것 같네요."

"그럼 오늘 당장 통부터 구입하자."

대화가 무르익을 때쯤 다른 직원이 출근을 했다. 대충 설명을 했고, 물류과장님과 물류실에 근무하는 직원만 우선 사기로 했다.

대화를 하는 도중에 직원이 인터넷을 보더니 주문을 했다. 과장님께 미리 설명도 못 드렸는데 도착했다.

'나에게 가장 멋진 날들!'

이렇게 예쁘게 쓴 글과 스마일 스티커를 붙여서 간단하게 설명을 하고 하나 드렸다.

"뭐, 이런 걸…."

얼굴엔 밝은 미소를 지으셨다.

다음 날 과장님 책상을 보니 벌써 메모 한 개가 들어있었다.

"실장님! 과장님은 어떤 내용일까예? 진짜로 궁금하지예?"

내 것이 아니더라도 통 안에 기쁜 일이 적혀 있을 것이라는 상상만 해도 기분이 좋아졌다.

"친해지려면 공범이 되라."

단체활동에서 중요한 말이다. 조직에 큰 피해를 끼치지 않는 범위에서 간혹 일탈을 한 동료끼리는 끈끈한 연대감 같은 것이 생기기 마련이다. 공범도 이러한데, 이처럼 좋은 일을 함께 한다면 그 효과는 어떠하겠는가?

'속이 보이는 예쁜 투명 통.'

좋은 일을 같이 하고 있다는 자체만으로도 가족 같은 따뜻한 정을 더 느낄 수 있었다.

오늘도 출근하자마자 말한다.

"오늘 기쁜 일 없었나?"

"아직 없었어예. 이제 만들어야지예."

기쁜 일을 만들려고 노력하는 순간 매 순간이 기쁨일 수밖에 없다.

함께 웃을 수 있는 직원들이 있는 우체국이 참 좋다.

나, 잘한 것 맞나?

김선희

"축가 부를 사람 없으면 내가 불러줄까?"

갓 입사한 총각 직원 용희 씨가 결혼한다고 했을 때 담당 과장으로서 뭔가 특별한 선물을 해주고 싶었던 나는 장난처럼 말했다.

"좋아요."

그때부터 난생 처음 결혼축가를 부른다는 마음에 살짝 들뜨기 시작했다.

'무슨 노래를 불러야 할까? 혼자보다는 같이 근무하는 직원들이 합창을 하는 게 낫지 않을까?'

생각은 꼬리에 꼬리를 물었고 직원들에게 용희 씨 결혼식에 함께 축가를 부르자며 동의를 구하고 짬짬이 노래 연습을 했다.

인사주임이 출산으로 특별휴가에 들어가면서 회계와 인사 업무를 동시에 보게된 용희 씨는 인사업무 인수인계에 결혼 준비까지 해야만 해서 매일이 전쟁 같은 나날이었다.

결혼식은 대구에서 있었다. 승용차 안에서 마지막으로 축가 연습을 하는데 가사가 막 헷갈리고 음정도 안 맞고 걱정이 슬슬 되기 시작했다.

도착해 보니 평소 보던 결혼식장과 확 달랐다. 디너쇼 행사를 보는 듯한 식장으로 하객 규모도 몇백 명이나 되었다. 그제서야 내가 어떤 짓을 하려는지 실감이 되었고 슬슬 직원들이 발을 빼기 시작했다.

"과장님, 우리 노래하지 말자. 이건 아닌 거 같아요. 하객들 좀 봐. 심장 떨려서 못하겠어요."

나도 같은 생각을 하던 터라 급히 새신랑을 불렀다.

"용희 씨, 미안한데 우리 도저히 못하겠어. 축가하는 거 빼 주라."

거의 간청하듯 말했다.

"안 돼요. 이미 식순에 다 넣어져 있고 사회안도 그렇게

짜놔서 하셔야 돼요."

그러고는 신랑입장 준비하러 가버리는 게 아닌가?

죽이 되든 밥이 되든 이젠 축가를 불러야만 했다.

다들 못하겠다고 하니 할 수 없이 팀장인 현숙 씨랑 둘이서 부르기로 하고 노래가사를 보고 또 봤다.

드디어 신랑 신부 입장에 성혼선언문 낭독이 끝났다. 사회자의 소개로 우리가 앞으로 나갔다.

"신랑 용희 씨의 담당과장입니다. 같이 근무하는 직원들이 합창을 하려 했으나 다들 떨려서 못한다고 해서 둘이서 부르게 됐습니다. 결혼을 진심으로 축하드리고 행복하길 바라는 마음에 '사랑'이라는 노래 불러드리겠습니다."

"사랑은 언제나 오래 참고

사랑은 언제나 온유하며~~~"

떨려서 어떻게 불렀는지도 모르게 요란한 내 심장소리를 들으며 자리로 돌아왔다. 하객들은 우리의 노력을 가상하게 여겼는지 아낌없이 박수를 보내고 있었다.

그날 우리의 노래가 끝나고 바로 새신랑이 신부에게 바치는 노래를 불렀다. 그렇게 직접 축가를 준비했으면서 축가 부를 사람 없다고 시치미를 뚝 뗐던 용희 씨는 2년 후에 대구 근처의 우체국으로 전보를 가서 아이 낳고 행복한 가정을 이루어 잘 살고 있다.

　그때 신입이었던 용희 씨가 얼마 전에 행정주사보로 승진을 했다. 나중에 자기도 과장이 되면 같이 근무하는 직원의 결혼식 때 축가를 불러주고 싶다고 한다.
　자신이 얼마나 분위기 좋은 직장에서 일하고 있는지 하객들에게 널리 알려 주어서 기분이 좋았다고….

이용숙   커피 한잔 하실래요?

"바쁜데 왜 안 도와주는 거야?"

"우체국에서 이런 것은 왜 하는 거야?"

서울대병원우체국 주임으로 갔을 때다. 규모가 큰 만큼 이용 고객도 많아 매일 북적였다. 국장님을 포함한 직원 4명과 우편접수와 도착우편물을 처리하는 병원지원인력 2명이 근무하여 매일 분주하였다. 병원직원인 주임아저씨는 퇴직을 2년여 앞둔 분인데, 무엇인가 불편한 마음을 드러내실 때마다 모두들 마음이 편치 않았다.

하루 종일 고객이 이용한 필연대는 사방에 풀이 말라 굳어 있었다. 물을 뿌려 불린 후에 닦아야 하므로 시간도 많이 걸렸다. 아침에 출근하면 제일 먼저 하는 일이었다. 그 일이 끝나면 매일 모닝커피를 돌리며 하루를 시작했다.

"주임님, 커피 한잔 하세요~"

"안 먹어!"

주임아저씨는 무뚝뚝했다. 그러면서도 은근히 슬쩍 받아 마신다.

'말씀만 무뚝뚝한 거지 마음은 순한 분이시구나.'

비록 병원파견 직원이지만 연장자이시니 존중해드리고 이왕이면 모두 즐겁게 일하고 싶었다. 그래서 함께 해야 할 일이면 먼저 의견을 물어보았고, 아는 업무도 모르는 것처럼 물어보며 일부러 친해지려 노력했다.

그랬더니 처음에는 까칠한 것처럼 보여 말도 걸기 힘들었는데, 주임아저씨도 차츰 마음을 열어주기 시작했다. 어느 날부터 우리를 대하는 태도와 말투가 부드러워졌다. 서로 농담을 주고받을 정도로 분위기가 훈훈해지니 일하는 것도 즐거워졌다.

당시 '다보장보험'이 출시되어 국별로 목표가 주어졌다.

나는 병원 급여담당 직원과 접촉하여 급여공제로 병원직원들이 단체가입을 하도록 했다.

단체가입 급여공제는 직원의 통장에 보험료가 별도 기록되지 않기에 지출을 체감하지 않는 효과를 얻기 위함이었다. 병원에 오래 근무하신 주임아저씨께서는 적극적으로 병원

직원들을 하나둘 소개해 주셨다.

"여자 보험료는 저렴하니 부부가 함께 가입해도 부담이 없습니다. 이왕이면 급여공제로 번거롭지도 않고 혜택도 많은 부부가입을 신청해 주세요."

당시 100여 명이 넘는 경비아저씨들에게 부부가입 보험을 권했다. 2교대로 근무하는 경비아저씨들이 교대시간에 맞춰 경비휴게실을 자주 방문했고 나날이 실적이 올라갔다.

그 결과 나는 서울청에서 신상품 개인 실적 1위를 달성했다. 나를 지켜본 옆 지원들도 같은 방법을 이용, 경쟁적으로 보험을 유치하면서 우리 국은 우수 국으로 선정되었다.

모든 것은 관계로부터 시작한다. 모닝커피 한잔이 사람의 마음을 얻게 한다. 첫잔이 힘들지, 건네고 나면 별거 아니다.

그때 주임아저씨를 병원지원 인력이라고 남처럼 보고 데면데면 대했다면 어떻게 되었을까? 내게는 정말 소중한 경험이다. 그래서 나는 오늘도 내 곁에 있는 사람에게 진심을 담아 커피 한잔을 권하고 있다.

내
돈
내
놔
라
!

강
지
원

가끔씩 돈을 찾아가고도 기억을 못하는 고객이 있다. 지급청
구서를 보여 드리면 수긍을 하시고 가는 경우가 대부분이다.

OOO우체국에 근무할 때의 일이다. 우체국이 번화가에 있
다 보니 고객이 붐비는 시간이 많다.

"우체국 직원은 모두 도둑X이다. 빨리 내 돈 내놔라."

같은 말을 반복하면서 많은 고객들 사이에서도 크게 들릴
정도로 고함소리가 쩌렁쩌렁하다. 국장이지만 창구 고객이
많을 때는 직원들과 함께 창구에서 고객응대를 했다. 창구가
소란스러워서 앞에 있는 고객님께 양해를 구하고 직접 응대
했다.

"고객님! 무슨 일로 그러십니까? 자세히 말씀해 주시면 도
와드리겠습니다."

아무리 친절하게 말씀을 드려도 소용이 없다. 막무가내로

또 한바탕 우체국 직원은 다 도둑X이라고 한다. 한참을 큰 소리 치더니 말한다.

"내 돈 50만 원 찾았는데 왜 안 주노?"

"고객님! 통장을 보여주시면 확인해 드리겠습니다."

확인해 보니 창구에서 지급 처리한 것이 아니라 CD(현금 자동지급기)에서 지급처리된 것이었다.

"고객님! 잠시만 기다려주시겠습니까? 찾으신 날 CCTV 한번 보겠습니다."

"보기는 뭘 봐. 너그가 가져가 놓고. 도둑X!"

급하게 CCTV를 확인해 보았다. 화면에 고객의 모습이 보이고 50만 원 찾은 것도 확인이 되었다.

"고객님! 화면을 보시면 아시겠지만, 고객님께서 돈 50만 원 찾으셨습니다. 다시 한 번 어디에 두셨는지 기억을 한번 해 보시겠습니까?"

"나는 찾은 적이 없다. 너거가 가져갔다 아이가."

"고객님! 저희가 가져간 것이 아니고 여기 화면에 돈 받아 가시는 거 보이시지 않습니까?"

"얼굴은 내 얼굴이 맞는데 옷이 내 옷이 아이다."

더 이상 드릴 말씀이 없었고, 계속 화면만 보고 있었다. 화면을 보면서도 계속 우리에게 욕을 한다.

"에이 도둑X, 우체국에는 도둑X 밖에 없다."

한참을 욕을 하다가 그냥 가셨다.

그 고객님, 아직도 우리 우체국을 원망하고 있지는 않으시 겠지.

우표,
아이들 인성으로 스며들다

정옥자

"우표에서 얻은 지식이 학교에서 배운 것보다 더 많다."

유명한 우표수집가였던 미국의 제32대 대통령 프랭클린 루즈벨트의 회고록에 있는 말이다. 우표에는 그만큼 소중한 역사와 사건, 아름다운 자연과 문화들에 대한 이야기가 농축되어 있다. 간혹 수십억 원에 거래되는 희귀 우표에 대한 기사가 나올 정도로 우표는 귀한 대접을 받기도 한다.

우표수집이 취미활동으로 유행하던 때도 있었다. 기념우표가 발행되는 날에는 우체국 문도 열기 전에 길게 줄을 서서 기다리는 사람들을 흔하게 볼 수 있었다.

1980년 우체국에 취직한 나도 직원들의 권유로 월급의 일부를 우표 수집하는 데 사용했다. 그만큼 일상처럼 함께했던 우체국의 대표적인 상징물이 곧 우표다.

지금은 정보통신 매체의 발달로 편지 쓰는 사람들이 줄어들면서 우표가 요금수납증지로 대체되었다. 초·중등 학생들 중에 우표를 모른다는 아이들이 많은 것으로 조사될 만큼 우표가 급속히 사라지고 있다.

"우표가 뭔지 알아?"

"우표가 뭐예요?"

조만간 이런 날이 올지도 모르겠다.

우정공무원교육원에서는 이런 현실을 반영해 우표를 가지고 초·중등 아이들이 수업을 하면서 지식을 넓히고 바른 인성을 배울 수 있도록 하는 일에 심혈을 기울이고 있다. 한때 유행처럼 번질 정도로 사랑을 받았던 우표문화를 교육에 활용하자는 취지로 2017년 우표를 활용한 초·중등 학생 대상 <우표문화 교육용 콘텐츠>를 제작했다. 인성교육진흥법(2015.1.20.) 제정에 맞춰 창의적 체험활동, 자유학기제, 또는 각 교과 과정에 맞춰 활용할 수 있는 인성교육 콘텐츠를 개발한 것이다.

<우표문화 교육용 콘텐츠>에는 인성교육 진흥법에서 강

조하는 8대 핵심 덕목(정직, 책임, 존중, 배려, 소통, 협력, 효, 예)을 다 포함하고 있다. 자신과의 만남(자아의식), 이웃과의 만남(친교의식), 자연과의 만남(생명의식), 사물과의 만남(존재의식), 사건과의 만남(역사의식) 등 우리가 살아가면서 만나야 하는 인간의 5가지 만남을 통해 갖는 의식을 기반으로 수업에 직접 활용할 수 있는 교육용 모듈 22개로 이뤄져 있다.

2018년에는 81개 학교에서 4천 명이 넘는 학생들이 이 모듈로 인성교육 수업을 받았다.

앞으로 교육부 주관『인성교육프로그램 인증』취득과 학교 현장에서 꼭 필요로 하는「학교 안전」을 비롯한 교육용 모듈의 추가 개발, 프로그램의 정착을 위한 강사양성 등 추진해야 할 일들이 많다.

우표문화 교육용 콘텐츠 개발에 애정을 갖는 인재들이 많이 나오기를 기대한다. 우체국 하면 떠오르는 편지, 편지 하면 떠오르는 우표가 아이들의 교육용 소재로 더욱 활용되기를 기대한다. 우표를 보면서 시대의 문화와 관심사를 알고,

편지와 우표로 수업을 하면서 아이들의 인성이 더욱 밝아지기를 기대해 본다.

　우리의 미래는 아주 맑다. 학교 현장의 선생님들과 교감하면서 더욱 활발히 나래를 펼치고 있다. 아이들도 우표수업을 좋아하여서 콘텐츠 수업에 대한 비전을 밝히고 있다.

　우표는 사회의 모든 문화를 품고 있다. 가히 축소예술의 꽃이라 해도 부족함이 없다. 우표문화 교육용 콘텐츠가 인성교육의 대표적인 프로그램으로 자리 잡을 수 있기를 간절히 기원해 본다.

과장님댁

진상현

10년 전 아주 무더운 여름날이었다. 내 얼굴과 몸에는 온통 땀이 샘물처럼 쏟아나 있었고, 우체국 안에는 진상 같은 고객들로 넘쳐나고 있었다.

"너무 힘들다!"

내 옆을 지나가던 과장님이 힘없이 내뱉은 나의 넋두리를 듣고는 나를 향해 살며시 미소지으며 지나 가셨다.

오후 5시, 팀장님이 갑자기 자리에서 벌떡 일어나 팀원들을 향해 소리쳤다.

"무더운 날 수고 많았습니다. 오늘 회식 있어요."

"회식 장소가 어디예요?"

"과장님댁!"

창구 직원 중 한 명이 옆에 앉아 있던 동료 여직원에게 과장님댁에서 음식을 먹었는데 아주 맛있었다고 칭찬하였다. 나는 팀장님께 여쭈어 보았다.

"과장님댁에 가는데 빈손으로 가도 되나요?"

"진대리는 맨손으로 오기만 해. 진대리가 준비할 것은 아무것도 없다고."

10년 전만 해도 부하 직원이 상사댁에 초대되어 음식을 먹을 때에는 화장지나 간단한 생활용품 등을 구입하여 댁을 방문할 때 드리는 것이 예절로 여겨지던 시절이었다.

나는 부하 직원들에게 부담을 주지 않으려는 과장님과 팀장님의 인품에 내심으로 감탄하고 있었지만, 그래도 과장님댁으로 초대한 사모님의 마음은 다를 수도 있다고 판단하였다.

드디어 오후 6시가 되자 팀장님은 빨리 과장님댁으로 가자고 직원들을 재촉했다. 내가 재빨리 과장님 자리를 살펴보니 컴퓨터는 꺼져 있었고, 과장님은 음식 준비 때문에 이미 퇴근한 상태인 것 같았다. 나는 팀장님에게 작은 소리로 말했다.

"팀장님은 직원들과 먼저 과장님댁으로 가세요. 전 인근

농협 하나로마트에 잠깐 들렀다가 과장님 댁으로 갈게요?"

"진대리 과장님댁 처음 아니야? 찾아올 수 있겠어?"

나는 한 달 전 과장님의 심부름으로 과장님댁을 방문했었던 기억을 떠올렸다.

"팀장님, 금방 과장님댁으로 갈 테니 걱정하지 마시고 직원들과 먼저 가 계세요."

그리고 재빨리 우체국을 빠져나와서 인근 농협 하나로마트에서 대형 롤 화장지를 구매하여 과장님이 사시는 댁으로 찾아갔다. 그런데 우리과 직원들로 붐벼야 할 과장님댁은 불빛 하나 없는 암흑이었다. 나는 휴대폰을 꺼내 과장님에게 전화를 걸었다.

"과장님, 진대리입니다. 과장님댁 이사하셨나요?"

휴대폰 통화로 과장님이 2주 전에 이사했다는 것을 알았다. 과장님은 내가 찾아올 수 있도록 주소를 휴대폰 문자로 알려 주셨다. 나는 대형 롤 화장지를 품에 안고 과장님이 알려주신 주소로 부리나케 달려갔다.

과장님이 알려준 주소로 급히 도착한 나는 품에 안고 있던 롤 화장지를 떨어뜨리고 멍하니 서 있었다.

과장님댁!

나는 대형 간판이 걸려 있는 곱창집 앞에 서 있었던 것이다. 곱창 식당집 주인이 다가와 우리과 직원들이 회식하고 있는 장소로 나를 안내하였다. 대형 롤 화장지를 품에 안고 회식 장소로 막 들어선 나를 보고 과장님은 직원들을 향해 소리쳤다.

"여러분 진 대리를 좀 본받아요. 과장님댁 곱창집이 우체국 우수 고객인 걸 파악하고 이전 기념으로 롤 화장지 사가지고 회식 자리에 참석했습니다."

나는 얼떨결에 대형 롤 화장지를 곱창집 사장님께 슬며시 내밀었다. 곱창집 사장님은 나에게 연신 고맙다고 인사하면서 눈물까지 글썽이고 있었다.

박주용

몽골 할머니와
손주들 잘 살고 있겠지?

진안군과 진안군자원봉사 센터의 주관으로 2014년 7월 10일, 4박 6일간 몽골의 전통 가옥인 '게르 집지어 주기 지구촌 재능나눔 해외자원 봉사'를 떠났다.

몽골의 칭기스칸 국제공항에 도착하자마자 몽골의 울란바타르 대학 담당교수가 우리 일행을 반갑게 맞아 주셨다. 오후에 도착해서 곧바로 숙소인 울란바타르 대학 기숙사로 향했다.

다음날 아침! 버스로 9시간 걸려 울란바타르 날라이흐구에 도착했다. 날라이흐구 구청장의 안내로 독거노인 주택 수급자인 할머니댁을 찾았다. 혼자 사시는 할머니는 집도 없이 부모가 없는 두 손주들과 함께 교회에서 어렵게 살아가고 있었다. 반가운 인사를 하고, 게르 집짓기 작업에 들어갔다.

게르는 몽골의 전통 가옥이다. 나무로 둥근 뼈대를 만들고, 천을 덮으면 완성되는 가옥이다. 터를 든든히 다지기 위해 흙을 파고, 모래를 날랐다.

잠시 휴식 시간이다.

몽골 사람들은 한국을 솔롱고스, 즉 '무지개의 나라'로 부르며 상당히 우호적으로 대했다.

할머니는 기분이 좋아 연신 양고기와 보드카를 우리에게 대접했다. 몽골에서는 주인이 권하는 음식은 무조건 한 번에 받아먹는 게 기본 예의라 했다. 양고기를 먹은 우리 일행은 잠시 후 소화불량에 설사로 화장실 드나들기가 바빴던 기억이 새롭다.

3일의 작업으로 동그란 게르 집 한 채를 예쁘게 지어드렸다. 오는 길에 독립운동가이고 슈바이처 같은 의사였던 이태준 선생 기념공원의 풀을 뽑고 환경정화 작업을 했다.

일정이 끝나고 떠나야 할 시간이다. 새 집을 완성해 드리고 돌아서는 우리에게 할머니는 연신 눈물을 흘리며, 손주들과 함께 두 손을 꼬옥 잡고, 온 세상 다 가진 듯한 고마움의 마음을 표현했다. 더 가까이, 더 따뜻하게 품지 못한 아픔이 지금도 마음에 걸린다.

국제우편물류센터에서

김미화

비가 오면 비행기 하늘로 뜰 수 있을까
임들의 마음을 제때 전해 줄 수 있을까
컨테이너 가득 채워지는 사연 향해 물어보네

비가 오면 먼 나라 사연들 안녕할까
보내는 임들의 마음은 울적하지 않을까
마음 쓰여 더욱 정성으로 손길 보내네

비가 오면 먼 나라 떠나보낸 사연들 잘 도착할까
편편이 손길 주었던 사랑들 젖지 않고
오롯이 행복으로 전해주길 바라네

비가 오면 동료들 작업장 미끄러워 다치지 않을까
선풍기 바람이면 모든 걱정 말릴 수 있지 않을까
그랬으면 좋겠네 그래 그래!

어, 우체국이 공무원이었나?

2부

우체부 아저씨

이현숙

따릉 따르릉
언덕 아래 우리 집을 향해 달려오는 빨간 자전거

가슴 졸이며 기다리던 합격통지서
환한 미소와 함께

빨간 자전거는
언제나 희망과 설레임

강산이 네 번은 바뀌어도
빨간 자전거는 언제나 희망과 설레임

파출소장을
기사로 데리고 다닌다고?

정옥자

내 평생에 제천 청전동우체국장으로 발령 받고 생활한 딱 1년만큼 소중한 날이 다시 올 수 있을까? 나와 차석, 그리고 여직원 두 명. 넷이서 근무하는 가족 같은 우체국!

우체국 주변으로 주차하기가 편해서 우편물을 들고 오는 고객이 많았다. 우체국을 중심으로 들어서 있는 아파트에서 사모님들이 들고 오는 고지서가 많은 우리 우체국은 늘 바빴다.

나는 국장이었지만 창구 업무를 잘 알고 있었기에 넷이서 교대하면서 재미있게 근무할 수 있었다.

한 달쯤 지났을까? 어느 날 서무계장으로부터 전화가 왔다.

"총괄국장님께서 업무보고 받으러 가신다고 하시니, 발령받은 날을 기준으로 전후 실적을 중심으로 업무보고 준비하세요."

나는 지금까지 사무관국에서만 근무를 했기 때문에 서기관국의 분위기를 잘 몰랐다. 그리고 발령받은 지 얼마 되지도 않은 6급 주사국장에게 서기관 국장께서 업무보고를 하라고 하시니 걱정이 태산이었다. '업무보고'는 청장님 첫 방문하실 때 총괄국장님께서 국·과·실장들 모아 놓고 하는 것으로만 알고 있었다. 하지만 어쩌겠나? 총괄국장님께서 오신다는데.

7월 1일을 기준으로 모든 업무의 전후 비교를 하고, 앞으로의 계획 위주로 보고서를 작성했다. 국장님께 업무보고를 마친 후 점심을 함께 했다. 가실 때에는 흡족한 표정으로 "잘 해 달라"고도 하셨다.

그 이후 총괄국에서 우리 국에 대한 신뢰가 좋아진 것 같았다. 제천지역에서도 커가는 지역이라 실적이 증가하는 국이었고, 직원들이 고객에 대한 응대도 매우 친절했기 때문에 모두가 인정해 주었다.

한번은 청에서 업무점검 차 직원이 출장을 나왔다. 점심을 먹기 위해 이동해야 하는데 나를 비롯한 직원들에게는 차가 없었다. 근처에 있는 파출소장(경찰대를 졸업하고 처음 파출소장으로 나온 총각)에게 운전을 부탁했다. 평소 우리 집에서 여러 번 식사를 같이 할 정도로 친숙한 관계였기에 흔쾌히 운전을 해줬다.

후에 청에서 이런 소문이 돌았다고 한다.

"제천 청전동우체국 정옥자 국장은 파출소장을 기사로 데리고 다니면서 사업을 한다."

지역 주민들은 물론 파출소장하고도 친숙한 관계를 유지하면서 우체국을 운영한 덕분에 좋은 일이 많이 생겼다. 청전동우체국장으로 근무한 1년 동안 실적도 많이 증가하여 후임 국장이 오고 난 후 직원 한 명이 증원될 정도였다.

제천청전동 우체국장으로 근무한 일 년은 두고두고 기억하고 싶은 소중한 추억들이 많다.

아내에게
점수 좀 땄다고

김선희

인사업무를 보던 중 행정주사보로 승진해서 타시군으로 전보를 갔다가 3년 만에 돌아왔는데 다시 인사 서무업무를 보라고 했다. 수기로 하던 작업이 전산화되어 더 수월해졌지만 새로운 업무를 기대했던 나는 늘 뭔가 아쉬웠다.

그때 관내 지보우체국이 6급에서 7급우체국으로 관서급이 조정되면서 국장으로 갈 사람이 필요하다고 나에게 가고 싶은지 물어 보았다. 난 얼른 가겠다고 했다.

한 우체국을 책임진다는 부담감보다는 새로운 것에 대한 기대가 컸다. 그러나 행복은 길지 않았다. 매달 우편매출액 목표를 달성 못하면 대책보고서를 제출해야 했기 때문이다.

'뭘 팔아서 택배실적을 올릴까?'

머릿속은 온통 이 생각뿐이었다.

7월이라 잠자리가 엄청 날아 다녔다.

'저놈들을 잡아다 팔아볼까?'

그러다가 내가 무슨 생각을 하나 하고 피식 웃기도 많이
했다.

그때 우편업무를 보던 남자직원이 옥수수를 팔아보자고
했다. 옥수수는 자기가 어떻게든 구해올 테니 나한테는 팔기
나 많이 팔라면서….

면사무소에 요청해서 출향인 주소를 받아 홍보전단을 만
들어 보내고 인맥을 총 동원해서 홍보를 했다. 면소재지에서
옥수수를 재배하는 농가를 수소문해서 공급물량도 확보했
다. 더운 여름 우체국 마당에 모여앉아 옥수수를 다듬고 박
스에 담아 주문한 사람들에게 택배를 보냈다. 땀을 삐질삐질
흘리면서도 서로 웃어가며 작업을 했고 그달의 목표를 채워
나갔다.

다음 달엔 복숭아를 팔았다. 복숭아 작목반이 있어서 옥수
수보다는 판매 물량 확보가 좀 더 쉬웠고 작년에 구입해 주
었던 고객이 재구입을 해 주어서 판매를 덜 해도 금방 목표

를 달성할 수 있었다.

9월부터는 본격적으로 농산물이 출하되는 시기라 다음해 2월까지는 무난히 지나갔는데 문제는 3월부터였다. 또 다시 고민을 하기 시작했다.

'3월 14일 화이트데이 때 사탕을 팔아볼까?'

이곳은 시골이라 사탕이 팔릴 것 같지 않았다. 면장님한테 고민을 얘기했다. 그랬더니 이장회의 때 한번 얘기해 보겠다고 하셨다.

며칠 후 이장님들이 모두 찬성해서 단체로 사모님들한테 사탕을 보내달라고 하셨다. 모두 30개 정도의 적은 수량이었지만 그래도 너무 좋았다. 이장님 사모님들이 사탕을 받고 무슨 영문인지 모르실 것 같아 편지를 썼다.

「아내에게

힘든 농사일 하느라 고생만 시켜 미안하오.

결혼하고 긴 세월 한 번도 해보지 못한 말

'나와 살아주어 고맙고 당신을 사랑하오.'」

시골 남자들이 낯 간지러워 차마 못하고 가슴에만 숨겨
두었을 그 말을 편지에 적어 넣었다. 이장님들은 그저 사탕
한 봉지씩 보내는 것으로만 알고 있었다.

며칠 후 몇몇 이장님들한테 전화가 왔다.

"국장님! 정말 감동했어요. 국장님 덕분에 마누라한테 점
수 많이 땄습니다."

1년 만에 다시 총괄국으로 전보돼서 많이 아쉬웠다. 하지
만 안도현 시인의 연탄재처럼 나에게는 그 시절이 가장 뜨
겁게 타올랐던 시간이었다.

김선희

나는야 우체국 차마담

2인 우체국 업무지원 요청이 왔다. 인원 사정이 안 좋아져서 요즈음 경영지도실장 업무 중 관내국 업무지원이 중요한 업무가 되고 말았다. 금융창구 우편창구 등 모든 업무를 할 수 있고 관내 우체국장 경험이 많았기에 나에게 업무지원은 은근히 즐거운 일이었다.

그 날 지원 나갔던 지보우체국엔 순복 씨가 근무하고 있었는데 6개월 육아휴직하고 복직한 지 한 달쯤 지났을 때였다.
2인국에 1년 정도 근무해 봐서 어려운 사정을 누구보다 잘 알았기에 모처럼 힐링의 시간을 갖게 해 주고 싶었다.
차를 마시는 게 취미였기에 집에 있던 차도구와 차를 준비했다. 아껴먹던 보이차와 우려낸 차를 따뜻하게 데우는 워머, 꽃 한 송이 꽂을 작은 화병까지 챙겼다.
업무 준비를 해놓고 찻자리를 꾸몄다. 화단에서 꺾어온 허브 한 송이도 화병에 꽂아두니 제법 그럴 듯한 둘만의 찻자리가 마련되었다. 순복 씨의 얼굴엔 금세 함빡 웃음이 떠올랐다.

차를 한 모금씩 마셨다. 쌉싸름하다가 뒷맛은 향기로왔다. 쌀쌀한 날씨에 따스한 차는 마실수록 몸도 마음도 훈훈하게 데워주었다.

찻자리 내내 이야기를 나눴다. 많이 들어 주었다. 그저 누군가 가만히 귀 기울여 준다는 것만으로도 힐링이 되었다.

그날 이후 2인국 지원을 나갈 때면 바리바리 차도구를 챙겨가게 되었다. 그래서 내가 스스로 붙인 별명은 차마담, 우체국 차마담이다.

나는야, 우체국 차마담!

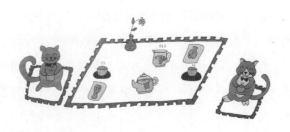

김선희

초콜릿 심고 사탕 거두고

2005년부터 2년 동안 예천우체국에서 소포팀장을 했다. 집배실 옆 사무실을 소포실로 사용했는데 나 빼고는 집배원과 소포실 직원 모두가 남자 직원이었다.

아침마다 분주하게 편지며 소포를 구분해서 배달을 나가는 모습이 마치 편지공장 돌아가는 것처럼 보였다. 특히나 겨울엔 해도 짧은데 우편물은 많아서 두 배는 더 힘들어 보였다.

2월14일 발렌타인데이.

홍일점이었던 나는 남자 직원 수만큼의 초콜릿을 사서 모두가 퇴근한 사무실에 혼자 남아 일일이 포장을 했다. 예쁜 시 한 편도 노란 종이에 인쇄해서 함께 넣었다.

'이 시가 내 마음을 전해주겠지? ㅎㅎ'

별것 아니지만 힘겨운 일상에서 잠시라도 웃을 수 있는 여유를 주고 싶었다. 자리마다 하나씩 선물을 올려놓고 퇴근을 했다.

이튿날 출근을 하니 여기저기서 고맙다고 난리다. 어떤 직원은 내가 넣어준 시를 유리판 밑에 넣어 두고 가끔 읽어 보는 듯했다.

다행이다. 목적 200% 달성!!

한 달 뒤 3월 14일 화이트데이.

사무실 내 책상 위에는 온통 사탕 선물이 한 가득이다. 나뿐 아니라 영업과 다른 여직원들도 몇 개씩 사탕선물을 받았다.

한 달 전에 내가 뿌린 초콜릿이 사탕이라는 열매를 맺고 행복으로 돌아왔다.

사소한 것 하나로 나누는 행복은 달콤하다.

김선희 # 꽃농장아저씨와 생강아지매

2011년 안동일직우체국에 근무할 때였다.

귀농해서 농사를 짓던 60대 아저씨가 계셨다. 낮에는 농장에서 메론, 오이 같은 농작물을 돌보고 밤에는 가끔 시나 수필을 쓰시던 농부시인.

그가 우체국에 들릴 때면 나는 커피나 차를 대접했고 한참 동안 이야기를 하다 가셨다. 더운 여름이라 물을 많이 드시기 때문에 가끔 우체국 정수기에서 물을 받아 가시기도 했다. 그럴 때면 고맙다고 출하하고 남은 메론과 오이를 주고 가셨다.

다음 해에는 꽃재배를 하셨다. 작물이 달라서 농사를 망치지는 않을까 걱정했지만 탐스런 꽃들을 잘도 길러 내셨다. 우체국 창구에 장식하라고 한 묶음씩 주고 가면 유리병에 꽂아 두고 일주일은 향기에 취해서 지내곤 했다.

그 곳을 떠나고 몇 년이 흘렀지만 일직우체국을 생각하면 그 분 생각이 가장 먼저 난다.

두 번째로 생각나는 사람은 생강아지매다. 나보다 두세 살

어린데 생각하는 것은 훨씬 듬직하고 단단해 보였다. 이웃 농가에서 힘들게 생강농사 지은 것을 헐값에 넘기는 것이 안타까운 마음에 인터넷으로 대신 판매를 해서 제값을 받아 주었다. 카페 회원들에게 홍보를 하고 주문이 들어오면 우체국택배로 일일이 발송을 했다.

생강아지매는 또 틈틈이 자기 밭에서 직접 재배한 부추와 각종 산나물들을 설탕에 절여 발효시켜 효소를 만들어 판매를 했다. 힘들고 귀찮았을 텐데도 흔쾌히 하는 걸 보니 나중에는 존경심마저 들었다.

꽃농장아저씨와 생강아지매는 농사일을 하다 힘들거나 이야기 상대가 그리울 때면 우체국에 들렀다. 나는 활짝 웃는 얼굴로 차를 대접하고 이야기를 들어 주었다.

하루 종일 사무실에 근무하다 보면 나도 그분들의 방문이 반가웠고 그 분들도 이야기를 들어 줄 나 같은 사람이 있었으니 행복하셨으리라 믿는다.

내가 근무하는 우체국은 사랑방이다. 우체국에 근무하는 나는 행복을 선물하는 산타클로스라는 생각을 하면서 살기로 했다. 고객이 오시면 차나 커피를 대접하고, 이야기를 들어주는 것만으로도 큰 선물을 받은 것처럼 고마워하는 분들이 계신다. 그 모습을 보면 내 마음에도 행복의 씨앗이 떨어지는 것을 느낀다.

앞으로 퇴직까지 남은 10년 동안 부지런히 행복의 씨앗을 심어야지.

마징가 Z

정인구

깊은 산 외딴 곳
'ㄱ'자 모르는 'ㄱ'자 할머니
도회지 간 아들 편지 읽어주고 함께 울고

병든 독거노인
약 사드리고 시장 봐주고,
연탄불 지펴주고

아들도 이런 효자 없다.

방사능 노출 라돈침대까지 수거하는
철갑인은 강철맨

그대 이름은 우정인(郵政人)!

멋져요, 국장님!

이용숙

"기다리는 사람들이 많은데 왜 직원을 안 늘리는 거야?"

"어디다 얘기하면 돼!!"

매일 성난 고객들로 한 두 차례씩 창구에서 큰소리가 났다.

성수동우체국장으로 보임을 받은 2004년의 일이다. 서울의 준공업지역 내 임대청사라 우편은 많고, 금융은 어려운 곳이었다. 지하철역 바로 옆이라 좁고 통풍도 안 되는 환경이었다. 오후에는 접수받은 우편물로 뒤덮여 청사는 발 디딜틈이 없었다. 직원들은 열악한 환경에서 고객을 상대하느라 매일 지친 모습이었다.

"왜 이 줄은 안 줄어드는 거야, 담당자는 뭐하고 있는 거야?"

"여기 포장 도와주는 사람 없어요?"

고객들은 창구마다 무거운 소포나 우편물을 들고 줄을 서서 접수를 기다리고 있었다. 기다리는 동안 이미 짜증이 나 있었다. 그러니 직원의 조그만 말실수라도 하면 기다렸다는 듯이 큰소리가 났다.

창구환경을 둘러보다 사용하지 않는 순번대기표 기기를 발견했다.

"최○○씨 순번대기표 기기를 왜 사용하지 않는 거죠?"

"순번을 누르면 시간이 걸려 줄 서게 하여 처리하는 게 더 빨라서요."

아차! 고객의 편의가 아닌 직원 편의를 우선으로 하고 있었다. 순번을 누르면 대기하였다가 창구로 오는데 시간이 걸린다는 것이었다. 우편업무만 하루 5~600백 명이 방문하는 공중실에는 대기의자가 3인석 2개만 있었다. 의자가 있어도 줄 세워서 접수를 받다 보니 의자를 더 갖다 놓을 생각도 못한 것 같았다.

한 달여 동안 업무파악을 끝내고 고객을 위한 창구환경개선을 시작했다. 임대청사로 가뜩이나 비좁은 공중실 한 면을 차지하는 긴 인터넷 검색용 책상과 의자를 없애고 입식으로 바꾸어 면적을 최소화했다.

고객이 앉아서 대기할 수 있는 의자를 늘리고 우편번호표를 사용하게 했다. 고객의 소포 포장을 돕기 위해 포장대 높낮이를 달리했고, 포장대에 고급스런 인테리어를 해서 분위기를 바꾸었다. 이어 허리를 숙여 우편물을 처리하는 직원들의 척추건강을 위해 허리 높이의 탁자를 제작했다. 또한 조명을 밝게 해서 직원들 표정이 밝아 보이게 했다.

고객들이 앉아서 대기하게 되자 창구에서 큰소리 나는 민원이 점차 줄어들었다. 직원들도 번호표를 사용함으로써 마음의 여유를 가지고 업무를 볼 수 있어 한결 표정이 밝아졌다. 고객이 만족하니 새로운 국장을 칭찬하는 소리가 계속 들려왔다.

"새로운 국장님 오더니 우체국이 깨끗해 졌어요."

"여성 국장님이 대단하시네요."

이제 분위기를 살려 금융사업으로 관심을 넓혔다. 직원들을 격려하려면 예산이 있어야 한다. 예산을 확보하려면 금융사업이 잘 되어야 하는데 이곳은 금융 규모가 소속국 가운데 가장 적어 쓸 예산이 없었다.

우선 각종 이벤트 포상을 목표로 금융창구 직원들을 독려했다. 국장인 내가 먼저 나서며 주요고객과 단골고객 확보에 나섰다. 인근 새로 입주하는 2곳의 대단지 아파트에 전단지 등을 돌렸고, 부녀자 대표도 만나 홍보용품을 주며 우체국이 있음을 알렸다.

지역모임에도 적극 참여했다. 지역 유지인 중소기업 대표들의 우체국 방문을 유도하여 '국영기업 우체국'을 알리는 데 주력하였다.

각종 홍보용품은 고객의 관심을 이끌 수 있도록 창구에 진열하여 사업실적으로 이어질 수 있게 하였다.

금융 고객수를 늘려 금융경비 인원을 확보하기 위해 365 자동화 코너 설치를 적극 추진했다. 365자동화코너 설치로 오래된 건물 입구가 새 단장되고 금융경비인력 1명도 확보할 수 있었다.

그리고 창구인력을 보충하는데도 힘을 썼다. 고용센터에서 인건비를 지원하는 단기간 근로청년들을 2~3명 확보 받아 창구직원을 돕게 했다.

인력확보와 환경개선, 시스템 개선 등으로 창구직원들의 업무강도를 줄여주자 직원들이 국장을 믿고 일할 수 있는 분위기가 되었다.

"우리 이번에도 1등 해야죠?"

직원들은 각종 이벤트나 사업에 적극 동참했다. 그러자 충성고객들이 많아졌다.

우리국은 각종 사업별 이벤트에서 항상 1~2위로 포상금을 받아 예산도 풍부해졌고 자금이 확보되자 직원들의 노력을 격려하기 위해 우리만의 특별한 이벤트를 만들어 나갔다.
패밀리 레스토랑 상품권을 포상하여 가족이 함께 할 기회를 만들어 주고, 뮤지컬 관람이나 분위기 있는 라이브카페 가기 등 많은 추억거리도 공유하였다.
"국장님~ 넘 멋져요~ 최고예요~"
직원들의 칭찬은 그동안의 노력에 보람을 느끼게 하였다.

우체국은 서비스 기관이다.
국장의 역할은 고객 눈높이에 맞는 서비스를 제공할 수 있도록 살피고, 내부고객인 직원들의 만족도를 높여 일하고 싶은 우체국을 만들어야 하는 책임도 있다. 국장으로서 하나하나 성취해나가는 기쁨을 가졌기에 소중한 추억으로 기억되는 성수동우체국이다.

김유정우체국 전출을
명 받았습니다

최수경

이곳에서 마지막이 될지도 모를 소식을 전합니다.
당신이 그린 봄봄 그곳의 술도가에는
여전히 누룩 익는 냄새 가득하고
당신이 동무들과 뛰어 놀던 산골나그네 길은
수없는 발걸음들이 당신을 추억하고 있습니다
점순네 닭갈비집에는 막걸리 거나한 객들이
온통 소란합니다
당신 집에서 저만치 내려다보이는 큰길가에
당신의 이름으로 세운 우체국에서 정말 행복했습니다

우체국에는 오가는 사람마다 당신을 이야기하며
당신집이 새겨진 그림엽서 한 장씩을 나눠들고
그리운 이야기들을 적어갑니다
친정엄마에게 누구는 아들딸에게 대개는 연인에게
평소 가까이에서 표현하지 못했던 사연들을
진솔한 마음으로 써내려 갑니다
가끔은 우체국앞 우체통에는 아름답고 눈물 시린

한 아름의 사연들이 쏟아져 나오기도 한답니다
우체국 옥상에는 제비 깃발이 펄럭이며
혹여 길을 잃을까 당신을 향해 손길 흔들고
우체국처럼 당신을 사랑하는 김유정역에는
무시로 쏟아져 나오는 사람들이 당신을 그리워합니다

정년퇴임까지 함께 할 줄 알았습니다
하지만 채 일 년을 남겨두고
더 이상 당신을 기다리지 못하고
떠나야 하는 이제
내 마음 같은 비가 앞을 막아서지만
어쩌겠습니까?
가고 오는 것은 내 결정이 아닌 것을
아쉽고 허전한 마음 쓰고 쓰고 또 써도
밑천이 없겠기에 오늘은 이만 접겠습니다.
꽃피는 봄 낙엽 지는 시절에
그리움 가득 품고 틈틈이 다녀가렵니다

김유정우체국을 떠나며

최수경

돌아서는 발끝에 비가 내린다
언젠가 다가올 날 있을 거라 생각했지만
지금 여기가 끝일 줄이야
인연이란 것이 억지로 거스를 수는 없는 것
지금 이대로 아름다운 인연으로 간직하련다
많은 사연들을 남겨두고 돌아서나니
부디 미련 없이 잘 지내라
보내는 마음에 무슨 하고 싶은 말이 있겠나
너의 말 없는 침묵을 이별로 받아 두련다
더 이상 못 보더라도 마음 다치지 말기를
세상 좋은 인연이 어디 한 번뿐이겠는가
사는 동안 나를 잊고 행복하길 바란다
그래도 정녕 외로운 날이 오면
오지 아니 한 듯 다녀가리라
그때 금병산 아래로
안개비라도 내려주면 쓸쓸함이야
아무렴 널 하지 않겠나
우체국 앞에 들꽃에게
안부 한 마디 묻고 가련다.

실적이 뭔지

강지원

"고객님! 한 달만에 오셨네요. 잘 계셨나요?"

"아, 네. 저 아십니까?"

"당연하죠. 저 번에 경조환 보내고 가셨잖아요."

"혹시 우체국에 좋은 적금 있는데 하나 하시면 안 됩니까?"

"아가씨 하고 싶은 대로 마음대로 하이소. 얼마 드리면 됩니까?"

큰 금액의 적금을 계약했고, 그 후로 그는 나에게 특별한 고객이 되었다.

얼마 후, 나는 승진을 해서 다른 곳으로 발령을 받게 되었고, 마침 고객님이 창구에 오셔서 발령사실을 알렸다.

"고객님, 제가 OOO우체국으로 가게 되었습니다."

"그래요? 한번 가겠습니다."

발령받은 우체국은 국장님을 비롯하여 3명이었는데 모두

여자였다. 마침 국장님이 연가 중이어서, 언니랑 둘이 근무하고 있을 때다.

마감시간 때쯤 그 고객님이 찾아오셨다. 혼자만 오신 것이 아니라 친구 한 분도 같이 오셨다. 우리 국은 목표가 적어서 적금 하나만 해도 큰 몫을 차지할 때다. 반갑게 인사를 하고 적금에 계약을 할 때는 정말 좋았다.

"퇴근시간도 다 됐는데 식사 같이 할까요?"

적금도 들어줬는데 거절하기가 그랬다. 옆에 언니와 같이 하기로 하고, 밖으로 나갔다.

'이게 무슨 일이지?'

밖에 차가 두 대였다. 우리는 눈치 보다가 차 한 대씩에 나누어서 탔다. 인근의 회집에 갔다.

이십대 시절이다. 40대 후반의 고객님들과 식사하는 것이 어려운 자리였다. 같이 간 언니도 말이 없는 편이라 어색한 분위기에서 저녁을 먹고 헤어지려는데, 같은 방향의 집이라고 꼭 차를 태워주겠다고 했다. 불편하긴 했지만 어쩔 수 없는 상황이었다.

각자 집 방향이 달라서 나누어서 타고 갔다. 그런데 집에 거의 다 왔는데 차를 세워주지 않았다.

"고객님, 여기 세워 주셔야 하는데요."

"술 한 잔만 더 하고 가지."

"안 돼요. 내려주세요."

고객님은 대답도 않고 계속 운전을 했다.

"사장님, 내려주세요."

나는 겁이 나서 몇 번이나 얘기했지만 무시를 당했다. 덜컥 겁에 질려 신호등에 차가 잠시 멈춘 사이에 얼른 문을 열고 내려버렸다.

이후 그 고객은 볼 수 없었지만, 다행히 적금은 다른 우체국에서 입금을 해주셨다.

그런 봉변을 당하고서도 실적을 생각해야 하는 나 자신이 너무 우스웠다.

그때는 그랬다. 설마 지금도 이런 사람이 있으려나?

보령대천김을 아시나요?

정옥자

'산자→소비자 직접 연결 진짜 특산품 집까지 배달'
- (매일경제신문 : 1986. 12. 15.)

우체국에서 『특산품 우편주문판매제도』를 시작하는 날의
언론 기사 제목이다.

1980년 11월, 내가 처음 우체국에 들어왔을 때는 우체국
창구에서 우편환 업무와 전보, 전화접수, 전화 교환실을 통
해 고객이 상대방과 전화통화를 할 수 있도록 돕는 업무를
했다.

그런데 1982년 1월 한국통신(KT)을 발족하고 전기통신
사업이 독립해 나가면서 우체국은 경영 위기를 맞게 되었다.
우체국을 「종합봉사창구」로 만들기 위한 노력이 이뤄졌다.
민원우편, 특급우편, 전자우편 등 새로운 우편제도와 각종
공과금 수납, 열차표와 복권까지 판매했던 시절이었다. 예금
업무의 시작과 농협으로 이관되었던 보험 업무도 우체국에
서 다시 취급하기 시작했다.

1990년대 초 『특산품 우편주문판매제도』의 공급업체를 모집하라는 문서를 받았다. 김의 원산지가 아닌 보령대천에 타지(완도, 서천 등)에서 생산된 원초 김을 가지고 조미구이 김을 만드는 공장들이 하나 둘 늘어나던 시절이었다.

나는 이때다 싶어 주 거래처였던 G업체 사장에게 공급업체로 등록할 것을 권했지만 그는 의사가 없다고 했다. 열정이 있는 H업체와 D업체가 등록을 희망해왔다. 얼른 공급업체로 등록하고 업체와 함께 영업 전략을 세웠다.

보령우체국 직원들은 한마음으로 홍보에 주력하겠으니 업체에서는 맛과 품질, 그리고 불만고객관리에 주력하라고 했다. 우리들은 지인들과 우체국 창구를 통해 홍보에 최선을 다했고, 업체에서는 품질관리에 심혈을 기울였다. 그 결과 몇 년 지난 후부터는 명절 때마다 매번 2배 이상의 증가율을 보였고, 「보령대천김」은 전국적으로 유명한 상품이 되었다.

보령우체국은 물론 전국 우체국의 우편매출액에도 큰 기여를 하게 되었다.

지금은 오픈 마켓이 많이 활성화되어 있어 상대적으로 우체국 쇼핑에 대한 아쉬움이 크다.

하지만 『특산품 우편주문판매제도』로 시작한 『우체국 쇼핑』은 직접 농·수 특산품을 생산하는 농어촌지역과 도시의 소비자를 직접 연결해 주는 오픈 마켓의 효시로 지금도 농·어촌의 지역 경제 활성화에 크게 이바지하고 있다는 자부심이 크다.

강지원

어, 우체국이 공무원이었나?

우체국은 일반 공무원들이 안 하는 일들을 많이 한다. 대출업무 등 몇 가지를 제외한 은행업무, 보험사업, 농어촌 상품 판매···. 우편접수는 기본이고, 배달, 운송까지 하다 보니 '다이소(다있소)우체국'이라는 말을 들을 때도 많다.

운영은 3개의 특별회계(우편사업특별회계, 보험사업특별회계, 예금사업특별회계)로 운영하여 봉급은 자체 충당하고 남은 경우에는 일반회계로 반납하여 국가기간사업 등에 활용한다.

그러다 보니 수익 창출을 위하여 각 우체국마다 사업별로 상품목표를 준다. 목표달성을 위해 친지, 동료, 동창, 회사 등을 찾아다니면서 마케팅을 전개하여야 한다.

매일 아침 출근하면, 2시간 동안 가방을 메고 농산물시장을 한 바퀴 돌면서 일일수금을 한다. 보험실적을 위함이다.

농산물시장 우체국 바로 맞은 편에 농협이 있어서 우체국에는 고객이 거의 오지 않는다. 그래서 해마다 목표를 달성하려면 일일수금을 하지 않으면 안 되었다. 일일수금은 직원들이 가장 하기 싫어하는 일이다.

부산사상우체국 지원과장으로 있다가 농산물시장우체국으로 발령을 받았다. 직원들의 애로사항을 알기에 직접 수금해 보기로 했다. 치마정장에 하이힐을 신고 다니려니 불편하지만 일일수금도 마케팅인데 편한 복장으로 나갈 수는 없었다.

시장에 나가면 새마을 금고와 농협 직원들은 수레 같은 것을 끌고 다닌다. 그런데 우리 우체국은 가방을 메고 다녔다. 오래 다니다 보면 어깨도 아프고 다리도 아팠다.

시장 점포는 1,000여 개가 된다. 하지만 수금을 하는 곳은 23군데밖에 안 됐다. 한두 달 열심히 다니고 나니 우체국장이 직접 다닌다고 적금 금액을 더 늘려주기도 하고, 가입하지 않았던 분들이 가입을 해주었다. 어느 순간 52군데로 늘었다. 실적이 올라가니 재미도 있었다.

"언니, 안녕하세요?"

1년 정도 다니면서 나보다 한 살이라도 많은 여성 고객님께는 '언니'라고 불렀다. 그러자 가족처럼 친하게 지내는 분들이 많아졌다. 보험 적금뿐만 아니라 수시 입출금 통장 및 목돈마련 통장도 개설하니 가방이 점점 무거워졌다.

우수 고객님들과 간담회 시간을 가졌을 때다.

"우리가 공무원이다 보니 좋은 선물 준비하지 못해서 죄송합니다. 마음으로 더 큰 선물 드리고 싶으신 거 다 아시죠?"

"어? 우체국이 공무원이었나? 진짜 몰랐네…. 근데 뭐 하러 시장에 다니면서 수금을 하노. 그냥 있으면 월급 나오는데? 난 공무원인 줄 인자 알았데이!"

우체국에서 마케팅을 하다 보면 자주 듣는 소리다. 일반적으로 생각하는 공무원은 세금으로 월급을 받는다고 생각하니, 우체국처럼 국민들에게 일부러 상품을 팔러 다닐 이유가 없다고 생각하는 것이다.

하지만 우리는 국민을 섬기는 마음으로 어떤 일도 마다하지 않는다. 그리고 이런 말을 들을 때마다 당당하게 대답한다.

"예, 우리도 공무원입니다. 국민을 위해 봉사하는 국가 공무원!"

노지인생! 잡초인생!

강지원

13년 전의 일이다. 사상우체국 마케팅실장으로 발령받았다. 마케팅실은 별관에 있었다. 발령장을 받고 마케팅실로 걸어가고 있는데 어디선가 큰소리로 얘기하는 것이 들렸다.

"여자가 무슨 ××…."

직감으로 마케팅실에 여자가 발령 났다고 욕하는 소리 같았다.

가까이 가서 얘기했다.

"혹시 저 보고 말씀하시는 겁니까?"

그 분은 하던 일을 멈추고 다른 곳으로 가버렸다. 그 당시에는 간부직에 남자가 많았고, 여자 마케팅실장이 거의 없었다. 마케팅실 안에는 모두 픽업하러 가고 여직원만 3명 있었다.

대충 정리하고 며칠 동안 분위기 파악을 했다. 출근을 하면 얼굴도 보지 않고 바로 픽업 가는 직원이 대부분이었다.

알고 보니 그럴 수밖에 없었다. 내근하는 직원 몇 사람을 빼고 픽업을 담당하는 직원의 책상이 없으니 사무실에 있어

봤자 머물 곳이 없으니 바로 나갔던 것이다.

서둘러 약간의 리모델링을 해서 책상을 직원 수만큼 준비하고, 회의용 테이블도 설치했다. 그리고 새로운 제안을 했다.

"아침에 바로 픽업가지 말고 차 한잔 같이 하고 각자 할 일을 합시다."

발령받았을 때 수근대던 직원이 책상을 보고 표정이 환해졌다. 차를 마시고 업무에 대한 이런 저런 얘기를 하다 그 직원의 모자에 무엇인가 적힌 것을 발견했다.

'잡초인생!'
'노지인생!'
모자 양쪽에 이런 문구가 새겨져 있었다.

"박 주사님! 잡초인생, 노지인생, 이게 뭡니까?"
그는 쓴웃음을 지으며 말했다.
"출근해봤자 자리도 없고 담배 한대 피우고 택배 받고 오면 집에 가고, 늘 밖에서만 지내서 그냥 모자마다 이렇게 새겼습니다."
그 말을 들으니 마음이 찡했다.

'책상을 잘 마련했구나.'

이렇게 생각하며 앞으로 그럴 일 없을 거라며 친근한 표정으로 말했다.

"박 주사님! 그럼 이제 책상도 있고, 같이 차도 마시고 하니, 이제 잡초인생, 노지인생 새겨진 모자 안 쓰셨으면 좋겠어요."

그는 한번 힐긋 보더니 웃으며 말했다.

"알겠심더."

"그럼 내일부터 이런 모자 쓰고 오면 벌금 5,000원입니다. 알겠지예?"

그 약속은 벌금 2만 원을 받았을 무렵에야 지켜질 수 있었다.

잡초인생! 노지인생!

지금도 그때 그 모자 생각이 나면 괜히 씁쓸한 미소가 지어진다.

송지은

어제, 오늘 그리고 내일

30여 년 전 처음 우체국에 들어왔을 때 나이 어린 나를 두고 선배들은 본인들의 과거 이야기를 무용담이라도 펼치듯 한껏 감정을 이입하여 들려주곤 했었다.

우체국에 출근하면 제일 먼저 하는 일이, 고객들이 봉투를 붙이거나 우표를 붙일 때 쓰는 풀죽을 쑤기 시작했다는 이야기부터, 어떤 고객이 청첩장을 부치러 와서는 우체국 한쪽 벽에 풀칠을 하고 그 위에 봉투를 널어 붙였다는 코미디 같은 이야기.

고객이 우체국 직원에게 까닭 없이 호통을 치거나, 무시하며 핀잔을 주면 뒷자리에 앉아 계시던 의협심 강한 계장님이 우체국 카운터 위를 차고 올라 넘어가서는 고객과 대판 싸움을 벌였었다는, 지금 생각하면 가당치도 않은 영웅담까지.

24시간 교대 근무를 하며 저녁 일을 마치고 쉬는 시간이 되면, 우체국 담장을 넘어 나가서 소주 한 잔씩을 나눠 마시고 들어와 쪽잠에 들었어도, 다음날 새벽 업무시간에는 한 번도 늦어본 적이 없다는 등 본인의 투철한(?) 직업의식에 대한 자랑도 늘 포함되어 있었다.

우체국에서 그렇게 선배들의 활약상을 재미로 안주거리 삼아 들으며 이십대를 보내고, 개인 업무량이 많아지는 시절을 일에 치여 정신없이 지나고 보니, 어느 덧 나도 피할 수 없는 중년이 되었고, 우체국도 더 이상 그 때의 낭만적 향유 대상은 아니었다.

출근하자마자 시작되는 사업실적 증대방안 회의부터, 디테일해진 고객들의 니즈를 맞추기 위해 창구 직원들도 녹록하지 않은 직장생활을 하고 있다.

그럼, 밖에서 바라보는 우체국은 어떤 모습일까?

그리운 소식이나, 합격통지서를 받기 위해 집배원아저씨를 목 빠지게 기다리는 국민이 몇 분이나 계실까? 본연의 집배업무 이외에 독거노인 방문, 소외계층 찾아 봉사하는 집배원은 여유롭게 사회 구석구석 지킴이 역할을 하는, 낭만적인 직업이기만 할까?

일 년에 서너 통의 편지가 담기는 우체통을 유지하기 위해 담당 집배원은 매일매일 그러한 우체통들을 찾아가 편지 대신 담겨있는 쓰레기를 치우는 일에 시간과 노력을 허비해야 하고, 반가운 편지 대신 각종 고지서와 부피가 큰 e쇼핑 물품들을 배달한다.

'베고니아 화분이 놓인 우체국 계단'에서 편지 쓰는 고객을 찾기 어려워졌고, 대부분 소포를 부치느라 번잡하다. 낭만적 향수를 불러일으키는 한적한 우체통, 고즈넉이 그리움을 담아 편지를 쓸 수 있는 한적한 우체국을 유지하기 위해서 치러야하는 비용이 부담스러워지는 상황이 된 것이다.

지금의 우체국은 국민접점 최일선 국가기관이며, 근로기준법, 국가공무원법의 적용을 받는 '직장'이다. 공무원이기도 하고, 회사원이기도 하고, 이윤을 추구하기도 하고, 보편적 서비스를 제공하기도 하고, 다소 정체성이 모호해지는 시기를 수시로 겪으며 4차 산업혁명 시기를 맞고 있다.

과거의 우체국이 낭만이었고, 현재의 우체국이 치열한 삶의 현장이라면, 내일의 우체국은 어떤 모습일까?

남북 평화 분위기에 힘입어 평양우체국에서 근무하고 있

을지 모르겠다. 다시 아날로그 감성이 폭발하여 국민 대부분이 손편지를 쓰고 있을지도 모를 일이다. 어쩌면 AI가 우편물을 접수하거나 배달을 하고, 금융 창구에서는 챗봇이 상담을 하고 있을 수도 있을 것이다.

지난 세월이 유구했고, 아름다웠다는 낭만적 추억에 몰두해 있을 수만은 없는 현실에서 고객이 바라는 우체국의 미래는 어떨지, 어떤 모습의 우체국이 국민에게 선택되어 사랑을 받고 있을지 궁금하다.

무엇보다 확실한 건 고객의 필요와 편리성을 충족시키고, 업무의 효율성을 최우선으로 할 것임은 자명하기에, 그래서 지금 우리가 준비해야하는 것은 무엇인지, 근무해야 할 날이 지나 온 날에 비해 얼마 남지 않은 직원으로서 긴 생각을 하게 되는 시점이며, 한 사람 한 사람 더 많은 직원과 국민이 이와 같은 궁금증을 공유했으면 하는 바램이다.

"국민 여러분 곁에 우체국이 있습니다."

필요할 때 편히 이용하실 수 있도록 우체국이 가까이 있겠다는 외침이 공허해지지 않도록, 미래의 우체국은 국민으로부터 더욱 공감 받고, 공동 번영하는 파트너가 되기를 바래본다.

정옥자

우정국의
신윤복 기자였습니다

2018년 여름방학을 이용해 70명의 초·중등 교원을 대상
으로 우표문화 지도교원 연수를 진행했다. 우표문화반을 운
영하는 현직교사가 사례발표 수업의 실습과제로 '조선사회
의 변화와 태동'에 대해 알아보자고 했다. 10여 장의 우표를
칼라 인쇄하여 주고 본인의 마음대로 골라서 A4용지에 붙
여 이야기를 꾸며 보자고 한 것이다.

그 중에 이런 작품이 나왔다.

전조선체육대회

제500회 전조선체육대회(유네스코 인류무형문화유
산-남사당놀이, 2017)가 200인조 국악대의 축하공연과
(제21차 만국우편연합 총회기념, 1994) 전북이리농악대
(내 고향 특별우표 전북-이리농악, 2002)의 힘찬 응원
속에 성대히 개최되었습니다. 부녀자 널뛰기 대회(한국
미술5천년-신윤복의 단오절, 1979)에선 남원출신 성춘
향(문학시리즈 다섯 번째 묶음-성춘향) 양이 금메달을

목에 걸었습니다. 기생 태우고 십리 달리기 뱃놀이(명화 시리즈 제4집-신윤복의 풍속도, 1971)에서는 서울팀이 1초의 차이로 우승했으며, 차전놀이의 강호인 안동팀(내 고향 특별우표-경북안동차전놀이, 2002)은 예상대로 금 메달을 차지했습니다.

이상 우정국의 신윤복 기자였습니다.

'가족사랑'에 대한 수업에는 '원앙' 우표를 붙이고 본인의 33년 전 결혼일자를 적은 <나의 뿌리 나의 조상>, '가족과 아이를 키우는 행복한 나라'라는 우표를 붙이고는 <귀여운 손자들이 보고 싶다>는 작품이 발표됐다.

'멸종위기의 생물들'에 대한 수업에는 '미안해, 그땐 몰랐어.'라는 시와 '멸종! 우리 손으로 막을 수 있습니다.', '채집 그만! 사냥 그만!', '지구인들에게 광릉요강 꽃'이 보낸 편지 형식의 '멸종위기의 식물이 지구인에게 고함!', 우리가 보호하지 않으면 우리도 멸종할 수 있다, '최후의 멸종 동물은 사람일 수 있다'는 등의 그림 작품이 발표되었다.

'평화통일을 향한 발걸음', '나라를 지킨 영웅들', '나의 꿈을 향한 도전' 등 모든 수업마다 현직 교사들의 생생한 사례중심의 수업이 진행되었다.

'우표문화반 운영방법' 시간에는 오랫동안 우표문화반을 운영한 경험을 가진 선생님의 발표로 이뤄졌다. 우표에 대한 기본적인 상식에서부터 우표문화반을 신청하고 운영했던 아이들의 수업 결과물을 가지고 발표하고 전시하는 방법까지 세밀하게 잘 이뤄졌다.

인성교육의 5가지(자아, 친교, 생명, 존재, 역사) 의식에 대한 이론을 제공하신 전직 교장선생님께서 직접 3시간 특강을 할 때에는 모두가 귀 기울여 듣는 모습을 보였다.

우표를 활용한 초·중등 교과적용 인성교육 콘텐츠! 교원연수를 통해 우표문화 교육용 콘텐츠가 전 학교에 보급되면 자라나는 아이들의 인성교육에 큰 도움이 될 것이라 믿어 의심치 않는다.

토닥토닥

김선희

결혼식 하루 전 날은 시골장날
종일 공과금을 받아야 했다
쿵쿵쿵쿵
방아찧듯 쳐야 했던 일부인 소리
내일이 결혼인데
마사지 한번 받아보지 못했는데

첫째 낳고
한 달반 쉬고
둘째 낳고
두 달 쉬고
세째 낳고
세 달을 쉬었다

빠듯한 살림에 휴직도 눈치 보여
직장으로 집으로 종종 걸음치던 세월
울며 매달리던 아이들에게

매일 아침 매몰찬
뒷모습을 보여주던 그때

아무리 젊음이 좋다지만
다시 돌아가고 싶지 않은 날들
토닥토닥
이만하면 괜찮다
수고했어

밤샘근무 잦은 이에게

최수경

별빛 가슴으로 받으며
노동의 저녁을
누군가의 기다림으로
수 없이 반복하며
밤을 사르는 이여

달이 서쪽에 기우는
아직은 어둑한 아침
밤으로 짓눌려 지친 몸
집으로 가는 길
밤새 어둠을 지키느라 지친 골목등
동병상련의 미소로 마중하고
언덕 위 교회 새벽종소리
지친 어깨를 가만히 안는다

동쪽 하늘
때를 잊지 않은 해 다시 떠오르고

또 다른 하루의 삶을 위해
종소리 울림 끝으로
조용히 기도의 문을 연다

집에 돌아와 손길 닿을 그 문에
그대 이름처럼
예쁜 꽃 한 송이 꽂아
하루를 위로합니다

우체국에서
이런 것도 해요?

이용숙

내가 우체국에 입사해서 외부 마케팅을 시작한 것은 주사보 승진 후 성신여대우체국장으로 재직할 때부터였다. 당시에는 우편업무는 기본이고, 보험판매 목표달성이 큰 과제이기에 국장으로서 느끼는 책임감은 막중했다.

나는 일대일 대면으로 판매해야 하는 개인보험보다 한꺼번에 많은 실적을 올릴 수 있는 단체보험 판매에 관심을 가지고 우선 학교 교직원 보험가입에 주목하였다.

"과장님, 교직원들을 위한 단체보험을 들어주시는 건 어떤가요?"

"우체국에 저렴하면서도 보장이 큰 직장인보험이 있습니다."

"우체국은 국가기관이라 정부가 평생 지급보장합니다~"

우체국에서 단체보험판매는 새로운 시도였다. 그 당시 단체보험은 활성화되어 있지 않을 때였다. 학교 책임자에게 직원들을 위해서 꼭 필요한 보험이라는 것과 단체로 가입하면 혜택이 많다는 점을 강조하며 우체국 상품의 장점을 부각시켰다. 물론 보험을 권유하기 전 담당 과장 및 학과장님들과 친분을 쌓기 위해 수 개월간 꾸준한 노력을 해 왔었다.

"상품을 파는 것은 신뢰를 파는 것이다."
내 마케팅 신조이기도 하다. 상품판매 전 고객과 신뢰관계
가 우선하여야 한다는 것이다.

그동안 다져놓은 관계를 바탕으로 우리의 마케팅 전략은
마침내 책임자의 마음을 움직였다. 현업 우체국에서 처음으
로 600여명이 넘는 교직원 단체보험을 체결할 수 있었다.
본부에서는 안전한 교직원 단체라는 것을 반영해서 피보
험자 자필서명을 생략하여 보험을 체결할 수 있도록 문서로
지시해 주었다. 일거에 국장으로서 짊어진 보험목표를 달성
하는 것은 물론 우체국 최초로 교직원 대상 단체보험을 유
치하는 쾌거를 이루었다. 최초이기에 많은 사람들에게 두고
두고 회자됐을 정도다.
그때부터 나는 더욱 자신감을 갖고 우체국 사업에 적극적
으로 임했다. 처음이 어렵지 한번 성취감을 맛보고 나니 그

어떤 일도 해낼 수 있다는 자심감이 생겼다.

"우체국에서 이런 것도 해요?"

창단 70주년 행사가 있다는 것을 알고 우편팀장과 함께 '나만의 우표' 제작을 홍보하려 한 단체를 찾아갔다. 단체의 담당과장은 '우체국에서 무슨 영업이야?' 하는 표정으로 이렇게 경계의 말을 던졌다.

우체국에서 마케팅을 하러 다니다 보면 많은 고객들은 의아해 한다.

"우체국 사람들도 공무원인가요?"

이렇게 반문하는 사람들도 있다.

우체국에서 영업하는 것을 잘 모르기에 우리는 경계하는 담당자의 마음을 십분 이해하고 당당하게 우리의 방문 목적을 전달했다.

"70년 역사를 우표로 만들어 각 나라에 보낸다면 큰 의미가 있지 않을까요?"

처음에는 미심쩍은 표정을 짓던 담당과장이 점차 마음을 열기 시작했다. 우리가 다양하게 제시하는 상품 샘플에도 호감을 보이기 시작했다.

"우체국에서 이런 것도 해요?"

예전엔 우체국 하면 편지와 소포 정도만 떠올리는 이들이
금융상품, 경조카드, 연하장, 나만의 우표 등을 판매하는 것
을 알고 놀란 듯이 묻곤 하였다. 우체국에서 별 것을 다 판
다고 생각하면서도 국가기관이라는 것을 알고는 더욱 깊은
신뢰를 보여줄 때도 많았다.

지금은 유일한 국영 금융기관으로, 고품질 택배서비스, 우
체국쇼핑 등도 알려져 고객이 먼저 우체국을 찾으니 앞으론
이런 물음도 들을 수 없을 것이다.

빅데이터 만들기

송지은

정체를 밝히기 위해 회원가입을 한다.

이름, 아이디, 비밀번호…….

생년월일을 클릭하니 이번 달 달력이 뜬다.

달력을 거꾸로 돌려서 태어난 날짜를 콕 찍으라는 것이다.

한 번, 두 번, 세 번, 네 번…… 끝이 없다.

먼 산 바라보다 잘못 눌렀나보다, 도로 이 달 달력.

다시 시작한다, 닿, 닿, 닿…….

밀레니엄 前 세기말까지는 왔는데,

아직도 한 세대는 더 돌려야한다.

나이라는 게 이토록 불편한 짐이었던가?

3차 산업시대에 태어나 4차 산업혁명 시대로 들어가는 좁은 길

수시로 정체를 드러내지 않으면 살아있는 것이 아니다.

이현숙

경쟁보다
윈윈(win-win)으로

군 소재지 이하 면단위의 금융기관에는 대부분 단위농협, 새마을금고, 신용협동조합, 우체국 등이 있다. 단위농협은 일반 농민을 조합원으로 농업 생산지원, 농산물 판매, 자금 공급 등 조합원의 경제적·사회적 서비스 기능을 수행한다. 새마을금고는 출자금 및 각종 예탁금으로 조합원에게 대출 서비스를 제공하는 비영리 조직이다. 신용협동조합은 은행 권으로부터 소외당한 농어민, 중소상공인 등에게 대출서비 스를 제공하여 경제적인 자립기반을 지원하는 금융협동조 합이다. 우체국은 국가기관으로 국민경제 생활의 안정을 위 한 공익사업, 우편업무(택배서비스), 금융업무(예금·보험), 지역특산품 판매 등 매우 다양한 서비스를 제공한다.

2002년 충남 논산 연산우체국장으로 근무할 때다. 연산지 역에도 우체국을 포함하여 4개의 금융기관이 있었다. 그 중 에 유독 우체국과 단위농협은 보이지 않는 경쟁관계를 형성 하고 있었다.

새마을금고나 신협은 가가호호 방문하여 일일 예금수금

및 대출 등 판매서비스를 제공하는데, 우체국과 단위농협은
방문하는 고객을 대상으로 예금·보험 등을 판매하는 형태
여서 방문고객에게 신경을 쓰기 때문에 더욱 그랬다.

'우체국에서 금융을 취급한다는 사실을 어떻게 홍보할까?'

지금은 황정민 등 유명 연예인들이 금융서비스 제공사실
을 크게 홍보하고 있지만, 그 당시만 해도 우체국에서 금융
취급하는 것을 홍보하지 못하던 분위기였다. 국기기관에서
금융업무를 취급한다는 걸 홍보하면 타 금융권 일각에서 민
원을 제기한다나 뭐라나?

그러다 보니 경쟁관계에 있는 단위농협 조합장의 생각을
무시할 수 없었다. 평소 기관장 모임에서 자주 만나 점심식
사도 하는 등 부담 없이 가깝게 지내는 단위농협조합장님께
물어보았다.

"설마 조합장님께서 우리 우체국을 경쟁자라고 생각하시
는 건 아니지요?"

조합장님은 대답 대신 엷은 미소를 지어 보였다.

"예금 수신고 규모가 농협은 500억 원, 우체국은 30억 원이니 경쟁할 수 없는 대상 맞죠? 딱 할아버지와 손자뻘이네요."

연산농협은 인근지역 3개 면을 관할하고 있어 상당히 큰 규모였다.

"우체국도 매년 사업평가를 받고 있는데 논산관내 18개 우체국 중 연산이 꼴찌를 하고 있네요. 지역세를 감안하면 3위 정도는 해야 맞는데 말입니다. 조합장님도 우리 연산우체국이 꼴찌 하는 건 유쾌한 일은 아니시죠? 중·상위권으로 올라설 수 있도록 협조해 주십시오. 우체국도 조합에 도움이 될 수 있는 일이 무엇인지 적극 찾아보겠습니다."

지역에서 괜히 경쟁분위기를 만드는 것보다 먼저 윈윈할 수 있는 관계를 만드는 것이 중요하다고 생각했다. 당장 직원들에게 의견 수렴을 해보았다. 여러 가지 제안이 나왔으나 2가지만 선정하여 추진하기로 했다.

"농협과 상호 협조할 수 있는 일이 무엇인가?"

"우체국의 장점은 무엇이고, 그 장점을 어떻게 홍보할 것인가?"

농협과 상호 협조할 수 있는 일을 먼저 찾아보았다. 그러고 보니 마침 총괄국 별로 지역특산품 유치가 한창이었다. 연산지역은 '연산대추'와 '더덕'이 특산품으로 인기가 좋았다.

그래서 농협 조합장님을 찾아뵙고 제안을 했다.

"연산지역 특산품을 우체국 쇼핑에서 판매할 수 있도록 도와 드리겠습니다."

"아, 그래요? 농협에서 판매하는 것만으로는 생산량을 다 소화하기 어려웠는데 정말 좋은 생각이네요."

조합장님은 그 자리에서 만족을 표했다. 원원의 협상이 타결된 것이다. 그 후부터 농협조합장님의 눈치를 보지 않고 적극적으로 우체국 예금·보험을 알릴 수 있었다.

'국가금융기관으로 예금한도액 없이 전액 보장합니다!'

우체국 예금의 가장 큰 장점을 부각시킨 현수막을 사무실 내부 중앙과 외부에 눈에 띄는 곳에 게시했다. 홍보 안내문도 만들어 집배원을 동원하여 가가호호 마을 주민들에게 우편물을 발송했다.

우체국을 방문하시는 고객들에게 사무실에 게시한 현수막 내용을 말씀드리면 우체국에서도 예금을 취급하는 줄 몰랐다는 분들이 많았다.

안내문을 받은 주민들도 우체국에서 금융을 취급하는 건 처음 듣는다고 했다. 이제라도 알아서 다행이라며 1인당 보장 한도 5천만 원이 넘는 큰 금액을 선뜻 갖고 오셨다.

심지어 전 농협조합장님 중에도 경쟁관계라고 여겼던 농협의 눈을 의식하지 않고 3천만 원이나 되는 큰 금액을 우체국에 예치하는 일도 있었다.

지역에서 경쟁관계라고만 생각하면 불편할 수 있었던 일을 '윈윈 관계'로 발전시켜 얻어낸 큰 성과였다.

잘 살고 있겠지?

3부

정옥자

먹여주고 재워주고, 공부만 하라는데

우체국에 들어와서 6년 동안 창구업무를 했다. 교육을 가는 것은 꿈같은 이야기였다. 그때는 의무교육으로 승진을 위해서 가점을 받아야 하는 교육이 있었다. 가점이 정확히 얼마였는지 기억이 나지 않는 직무교육과 5점의 가점을 받는 신규채용자 소양교육(새마을교육)이 그것이다.

1986년 행정서기로 창구에서 근무하는데 직무교육을 가라고 했다. '금융업무반'으로 기억한다. 시험점수에 따라 부여되는 가점이 달라지고 성적우수자에게는 1등에서 3등까지 포상금도 있다고 했다. 정말 큰 부담이 되는 교육이었다.

더구나 그때 나는 4살과 2살짜리 자녀가 있었다. 어머니께 맡겨야 하는 상황이라 부담은 더욱 컸다. 사무실 업무도 나 없으면 다른 직원들이 고생해야 했다.

꼭 가야 하나? 정말 큰 부담으로 잠시 고민도 해봤다. 하지만 어쩌랴! 피할 수 없으면 즐겨야지. 더구나 먹여주고 재워주고, 공부만 하라는데….

'그래, 이왕 가기로 했으니 열심히 해보자.'

나는 그렇게 1986년 4월 21일부터 5월 10일까지 3주간의 교육을 받았다. 어머니께는 죄송하지만 집에 있으면 밥도 해야 하고 어린아이들 때문에 잠도 편하게 잘 수 없는데 공부만 하라고 하니 얼마나 좋은가!

"정옥자 씨, 평가계에 가보세요!"
교육을 마치는 날 평가계장의 호출을 받았다. 급히 갔더니 환하게 맞아 주셨다.
"열심히 공부했네. 2등 했어요. 상금도 타요. 마침 국장님을 잘 아니까 내가 전화 드려 줄게요."
기뻤다. 상금으로 받은 돈은 어머니께 드려서 감사함을 표현하였고 월요일 출근을 하였다.
국장님께서 고생했다면서 새로운 약속을 해주셨다.
"기회가 되면 서무계로 옮겨주겠다."

1988년에는 서무계에서 근무하고 있는데 소양교육을 가라고 했다. 8년 전에 받아야 할 신규채용자 소양교육(새마을교육)을 받지 않아 5점의 가점이 없어서 "승진명부 순위에서 내 이름이 보이지 않는다."는 소리를 들었다.
그해 10월 10일부터 일주일간 기쁜 마음으로 받았던 그 교육을 통해 가점을 받아 1989년 2월 20일자 행정주사보로 승진할 수 있었다.

지금 우리 교육원에서 많은 교육을 운영하고 있다. 물론 현업에 있으면 여러 사정으로 오기 어렵다는 것을 잘 안다. 하지만 사정이란 것은 따지고 보면 교육에 대한 부담을 이기지 못한 핑계에 지나지 않을 수 있다.

기회는 마냥 기다리지 않는다. 내 경험을 돌이켜 본다면 교육은 기회가 왔을 때 우선순위로 선택하는 것이 좋다.

이것은 아버지가 내게 물려주신 소중한 유산이다. 그 당시 논을 팔면서까지 여자라도 어떻게든 고등학교는 졸업해야 한다며 가르쳐 주신 아버지, 나는 교육의 기회가 올 때마다 배우고 싶어도 배우지 못하는 이들을 생각하며 더 열심히 공부에 임했다. 그 덕분에 노력에 비해 과분한 결과를 받은 적도 많았다.

먹여주고, 재워주고, 공부만 하라는데 이 얼마나 좋은 기회인가? 지금 나는 이런 좋은 기회를 준 우리 교육원에서 근무하고 있다. 지금까지 받은 것보다 더 많은 교육을 받고 있다. 정말 행복한 시간들이다. 더 많은 이들이 나와 더불어 이런 행복감을 누려봤으면 하는 소망을 담아본다.

빨간 우체통

김선희

한때는 나도
잘 나가는 때가 있었지

요새는 다들
손에 손에 들려진 핸드폰으로
메시지를 보내고
읽었는지 확인마저 되는
카톡으로 대화를 하지

하지만 나 인기 있던 그때는
빨간 옷 입은 나를 찾아
밤새 쓴 연애편지 넣을까 말까
망설이던 처녀총각들 보는 재미가 있었지

지금 내 친구들은
거의 다
정리 당했지

난
운이 좋아서 아직 버티고 있단다

그런데 이거 알아?
넣을까 말까
사랑을 주고 받는 설렘은
내가 최고라는 거?

발톱 빠졌던 언니도
잘 살고 있겠지?

강지원

우체국에 발령받고 처음으로 전 직원 지리산 등산이 예정
되어 있었다. 지리산은 1,915m, 결코 쉬운 산이 아니다. 게
다가 나는 지리산도, 등산도 다 처음이었다.

오로지 믿는 건 하나! 어릴 때 엄마가 일하러 가시면 거의
하루 종일 놀았던 뒷동산, 남들은 힘들다고 아우성이었지만
난 속으로 자신이 있었다.

'매일 산에서 놀았는데 등산쯤이야.'

드디어 등산하는 날이 왔다. 관광버스를 타고 지리산 입구
까지 갔다. 출발할 때까지는 좋았다. 하지만 얼마 가지 못해
힘이 들었다. 의지할 곳도 없고, 막막하기만 했다.

"아직 멀었냐?"고 물으면 중국집처럼 무조건 "다 와 간
다."는 말만 되돌아왔다.

가도 가도 끝이 없었다. 체력에 한계가 왔다. 뒤에 따라오
는 계장님께 물었다.

"계장님! 힘드시죠?"

남자라 그런지 여유를 부렸다.

"괜찮다. 이 정도쯤이야."

"그래요? 그럼 이거 좀 받아주세요."

손에 낀 반지를 벗어서 드렸다.

"하하하! 이것도 무겁나?"

"네, 반지도 제게는 한 짐이에요."

몸에 붙어 있는 그 무엇도 다 짐이었다.

겨우겨우 정상에 올랐고, 이제 내려갈 일이 남았다.

"내려가는 것은 올라가는 것보다 더 힘드니까 각오하고 내려가라."

내려가는 것쯤이야. 올라올 때보다는 낫겠다는 생각에 자신을 가졌다. 내려오는 것도 쉽지는 않았다. 하지만 올라갈 때의 일을 생각하면 견딜 만했다.

아무리 힘든 일도 다 그런 것 같다. 지금 눈앞에 닥친 일만 생각하면 한없이 힘들지만, 그보다 더 힘든 일을 생각하면 조금이나마 덜 힘들게 일할 수 있다.

지리산 등산 경험은 내 삶에 큰 교훈을 주었다. 직장생활 하면서 힘든 일을 만날 때마다 '이보다 더 힘든 일도 이겨 냈는데 이까짓 것쯤이야!' 하는 생각을 갖게 되었고, 그 생각만 하면 거짓말처럼 큰 힘을 얻을 수 있었다. 정말 소중한 경험이었다.

그때 지리산을 내려오는 동안 엄지발톱이 빠진 언니가 있었다.

오래 전에 결혼하면서 우체국을 그만 둔 뒤여서 연락이 끊긴 언니다.

지금도 가끔 그 언니가 생각이 나는 이유는 뭘까? 그래, 그때 빠진 발톱은 언니에게도 소중한 자산이 되었겠지?

김미화

큰집 같은 직장이
맺어준 어머니

우체국에서 평소 가깝게 지내며 점심시간에 도시락을 같이 먹는 언니가 있습니다. 언니의 도시락은 어머니께서 싸주신 사랑과 정성이 가득한 도시락입니다. 아침에 갓 지은 따뜻한 밥이 점심까지도 식지 않은 것 같았습니다. 어머니의 솜씨 좋은 반찬들은 맛없는 것이 하나도 없이 다 맛있고 건강한 반찬들입니다.

반면 나의 도시락은 싸늘해 내놓기도 창피했습니다. 냉동실에서 꺼내 전자렌즈에 녹인 밥과 오래 되었지만 버리기 아까워 먹는 반찬이었습니다.

언니는 내 사정을 다 알기에 괜찮다며 언니의 밥과 반찬들을 먹으라고 권했습니다. 염치없지만 거절할 수도, 거절하고 싶지도 않았습니다. 맛도 있지만 따뜻한 어머니의 사랑이 느껴져 배불리 먹었습니다. 언니도 고맙지만 언니를 통해 알게 된 언니의 어머니께 더욱 고맙고 감사했습니다.

2018년 5월 1일, 언니가 총각김치 한 통을 내밀었습니다.
"이거 엄마가 너 갖다 주라고 하셔서 가져왔어."

그 무거운 것을 일산에서 영종도까지 들고 온 언니가 너무 고마웠습니다. 어머니가 해주신 총각김치에 사랑과 정성이 느껴져 눈물이 쏟아져 내렸습니다.

'나 총각김치 좋아 하는데, 어찌 아시고?'

총각김치랑 밥 한 공기를 다 먹고 전화를 드렸습니다. 두세 번의 벨 소리 끝에 어머니의 반가운 소리가 들렸습니다.

"아이고, 우리 딸 엄마에게 전화했어?"

눈물이 왈칵 쏟아졌습니다. 들키지 않으려 눈물을 삼키며 말했습니다.

"어머니, 총각김치 너무 맛있어요. 고맙습니다. 잘 먹겠습니다."

"5월 연휴 동안 집에서 뭐하고 밥 먹니? 우리 막내딸 먹으라고 보냈다! 잘 먹고 건강하고 열심히 살아."

전화를 끊고 한참을 울었습니다.

하늘나라에 계신 어머니께서 이 땅에 새어머니를 선물하신 것 같습니다. 좋은 직장에서 좋은 언니를 만나고, 좋은 어머니를 만나 행복합니다. 그래서 요즘은 직장을 큰집처럼 생각하며 가족의 정을 나누고 있습니다.

어머니께 받은 사랑을 당장 갚을 길은 없지만 당부하신 대로 건강하게 열심히 살아가렵니다.

현재를 즐기다 보면

정인구

현재의 나는 내 생각의 소산이다. – 붓다
현재는 나의 과거의 합이고 미래는 나의 현재의 합이다.
– 정인구

회사에 입사해서 힘든 일이 많이 있었지만 가장 힘든 일이 숙직근무였다.

밤에 당직을 하고 다음날 쉬지 못하고 근무할 때가 많았다.

당시 부산지방청에서 근무하고 있었는데, 당직 근무할 때 부산/경남/울산지역의 시/군 44개 총괄우체국의 당직근무의 이상 유무를 보고 받아 당직일지에 일일이 기록해야 했다.

"○○우체국 당직근무 이상 없습니다."

거의 다 '이상 없다'는 보고였지만, 일일이 전화를 받아 기록하는 일은 정말 힘든 일이었다. 전화를 받다 보면 시켜 놓은 자장면이 불어 터져 먹지 못하는 경우가 많았다.

'전화요금도 낭비되고, 불필요한 인력낭비라 생각되니, 자동으로 집계하는 방법이 없을까?'

그래서 기존에 수기로 처리되던 당직일지, 비상연락망, 관내당직근무현황, 비상소집망, 비상사태보고, 당직보고자동집계 등을 원스톱으로 처리할 수 있는 전산시스템인 '종합상황보고시스템'을 제안했다. 지금은 일상이 되었지만 그 당시에는 획기적인 방식이었다.

그 덕분에 공무원중앙제안 동상(대통령상)을 수상하는 기쁨을 누릴 수 있었다. 당시는 기존업무뿐 아니라 '부산체신청 100년사 편찬' 사업을 담당하며 휴일도 반납하고 열심히 할 때라 더욱 기뻤다.

현재의 모든 일은 신이 내린 선물이라고 한다. 지금 눈앞에 닥친 일을 힘들어 하다 보면 어쩔 수 없이 되풀이 되는 일에 시달려야 하지만, 지금 하고 있는 일에 불편함이 있더라도 긍정적으로 그것을 개선하려는 노력을 기울이다 보면 되풀이 되는 일이라도 즐겁게 할 수 있다.

그러면 그 자체만으로도 즐겁게 일할 수 있고, 그 즐거운 마음이 창의력을 발휘해서 힘든 일상의 개선책도 찾아 낼 수 있다.

나는 지금도 내가 찾아낸 개선책으로 나와 동료들이 좀더 쾌적한 환경에서 근무할 수 있게 한 공로를 인정받아 수상까지 했던 뿌듯한 성취감을 잊을 수 없다.

지금도 아무리 힘든 일이 있더라도 긍정적으로 보려고 노력한다. 불만이 있더라도 힘들어하기보다 긍정적인 사고로 긍정적인 개선책을 찾아보려고 노력하고 있다.

내 나름대로 직장생활을 즐겁게 하는 노하우이기도 하다.

스탬프! stamp!

홍순희

1980년대 초, 원주우체국에 있을 때의 이야기다. 원주에 미군부대가 주둔해 있어서 가끔 미군들이 우체국을 이용한다. 미군이 본국으로 항공우편물을 부치러 왔다.

나이든 창구 여직원은 영어를 할 줄 모른다. 그 사람에게 눈을 마주쳤다. 무엇이 필요한지는 표정으로 대신했다.

"플리즈?!"

여직원은 눈만 꿈벅꿈벅 했다. 외국인은 여직원이 영어를 못 알아듣는다는 것을 알고 간단히 한 단어로만 말했다.

"스탬프! 스탬프!"

나는 등기우편 담당을 하고 있어서 우표창구와 좀 거리가 있었지만, 얼핏 그 소리를 듣고 고개를 돌려 창구를 바라보고 있었다.

아뿔싸, 여직원은 책상에 놓여있던 영수일부인 찍는 스탬프를 가져다 카운터에 올려 놓았다. 미군은 앞에 놓여 있는 청색 잉크용 스탬프를 보고 멀뚱한 표정을 짓고 있었다.

나는 얼른 그녀 옆으로 가서 항공 우편용 우표를 보여주며 속삭이듯 말했다.

"우표 달라는 거예요."

그리고 얼른 그녀가 민망해 할까 봐 살짝 웃어주며 한 마디 보탰다.

"너무 바쁘면 착각할 수도 있으니 그냥 웃어주세요."

"아, 예."

그 날 이후로 그녀와 나 사이에는 우리만 아는 비밀이 생겼다.

"스탬프, 스탬프!"

이 말은 그 후로 나만의 웃음보따리를 챙겨주는 말이 되었다. 가끔 우체국 공중실에 외국인이 들어오면 저절로 그때 생각이 떠올라 혼자 미소를 짓곤 했다.

내실 든든한 우체국 보험

정옥자

며칠 전 민영보험을 판매하는 영업사원과 잠깐 대화를 할 기회가 있었다. 민영 보험에 가입하라는 권유를 받았다.

"나도 우체국에 다니고 있어서 우리도 보험 상품을 권합니다."

그랬더니 나를 무시하듯 말했다.

"우체국 보험은 보험이라고 할 수 없어요. 만약의 경우 보장 받을 일이 생길 때 금액이 너무 적잖아요."

순간 가슴이 답답했다. 단순히 상품 하나만 비교한다면 그럴듯한 말이지만, 우체국 보험에 대해서 전혀 알지 못하고 하는 말이다.

'혹시 민영 보험사의 교육 내용이지 않을까?'

잠시 이런 생각도 했다.

'민영 보험사에서 우체국 보험을 깎아 내리기 위해 잘못된 정보로 교육을 시킨 것은 아닐까?'

2006년에 진동수 재정경제부 제2차관은 말했다.

"한·미 자유무역협정(FTA) 금융부문 개방과 관련 미국

측에서 우체국의 보험 영업에 대해 민간 보험사와의 형평성 문제를 제기하고 있다. 앞으로 협상과정에서 가장 다루기 힘든 이슈가 될 것이다.

협상 결과 우체국에서는 당시 시중에서 한창 인기 있었던 변액보험, 퇴직연금보험, 손해보험 상품을 우체국보험에서 내놓을 수 없게 되었고, 가입한도액도 4,000만 원에서 묶어두기로 하였다. 하지만 우체국보험은 정부에서 지급 보장하는 내용과 세금면제 등 그 당시 우체국 보험의 특징을 그대로 지켜주는 것으로 마무리되었다.“

우체국 직원으로서 보험모집에 대한 부담으로 직장생활이 힘들다는 후배들의 소리를 자주 듣게 된다. 하지만 정작 보험영업을 주 업무로 하는 우체국보험 FC들은 우체국보험에 대한 자부심이 대단하다.

정부에서 운영하는 우체국보험은 민영보험사와 달리 직원들의 인건비와 건물 유지비 등이 보험료에 포함되지 않아 보장대비 저렴한 보험료가 특징이다. 정부에서 지급을 보장

하면서 농·어촌 지역 서민경제에 든든한 버팀목이 되고 있다.

우체국보험은 내실을 따져보면 결코 민영 보험에 비해 뒤질 것이 없다. 우체국보험 FC들이 자부심을 갖고 고객을 대하는 이유다.

우체국 직원이라면 먼저 이런 장점을 확실히 꿰뚫고 있어야 한다. 나를 알아야 상대에게 믿음을 줄 수 있고, 보험모집에도 자부심을 갖고 임할 수 있다. 우체국보험에 자부심을 갖고 더욱 적극적으로 보험모집에 임할 필요가 있다.

김미화

영어는 좀 못했어도
배짱 하나로!

서울국제우체국에서 종로2가 우체국으로 발령이 났다. 평소 집과 회사 외에는 잘 돌아다니는 편이 아니라 겁이 나고 당황했다.

첫 발령지가 서울국제우체국이라 국제우편물 구분 업무만 했었다. 현업 일은 전혀 몰라서 설렘 반 두려움 반으로 서울 한 복판에서 물어물어 발령지인 종로2가 우체국을 찾아갔다.

"열심히 하겠습니다."

국장님과 선임들 앞에서 큰소리 쳤지만 마음속으로는 떨고 있었다.

"국제우체국에서 왔으니 국제우편창구에 앉으면 되겠네."

그렇게 국제특급, 국제소포, 국제통상 등 모든 국제우편물 접수를 맡게 되었다. 유니폼을 입고 앉아는 있지만 접수 업무를 해본 적이 없어 우편 편람을 옆에 두고 열심히 공부하며 접수 업무를 하고 있었다.

그때 모든 항공사 직원들이 데모를 해서 항공편 우편물이 모두 지연 발송되고 있었다. 이 모든 것을 영어로 설명을 해야만 했다.

얼굴이 하얗고 머리색이 금발인 외국인이 내 앞에 와서 영어로 말하기 시작했다. 가슴이 얼마나 뛰는지, 얼굴이 금방 홍당무처럼 빨개졌다.

무슨 말인지 알아 듣지를 못했다. 단지 국제우편물을 보내는 손님이거니 하고 소포 기표지와 특급우편물 기표지를 보여 드렸다. 고객은 당황하는 나를 보고 눈치를 챘는지 더 이상 말하지 않고 특급우편물 기표지에 주소를 써주셨다. 나는 말없이 들고 온 우편물에 기표지를 붙이고 요금을 받고 접수를 했다.

이제 고객에게 지연발송에 대한 안내를 영어로 해야만 했다. 빨개진 얼굴로 내가 아는 모든 영어를 구사해서 말하기 시작했다. 고객은 말없이 듣고만 있다가 말했다.

"알고 있어요. 괜찮아요."

'아이고, 한국말을 영어처럼 잘 하는 외국 손님이구나!'

내 영어실력을 알고 얼마나 한심했을까? 더욱 창피해서

귓불까지 빨개졌다. 옆에 있는 직원들은 나를 보고 웃고만 있었다. 쥐구멍이라도 들어가고 싶다는 표현이 떠올라 더욱 창피했다.

'고객도 참 짓궂지, 처음부터 한국말로 했으면 얼마나 좋아?'

직원들은 웃으며 위안을 준다고 한 마디씩 했다.

"국제우체국에서 와서 영어 잘 하는 줄 알았지. 그래도 잘 했어!"

위안을 준다는 말이 내게는 비웃음으로만 들렸다. 정말 난 감한 순간이었다.

다음부터 나는 두 가지 전략을 짰다. 첫째는 외국 손님이 오시면 먼저 한국말로 하다가 못 알아 들으면 영어로 접수를 받는 것이었다. 둘째는 얼른 영어로 익숙하게 접수받기 위해 틈나는 대로 영어 말하기 공부를 하는 것이었다. 그리고 그대로 했다. 비록 영어는 잘 못했어도 배짱 하나로 1년 3개월 동안 종로2가 우체국에서 국제우편창구 접수 업무를 잘 해냈다.

그 후 다시 국제우체국으로 발령을 받아 어느덧 24년째 국제우편물 구분을 하고 있다. 무슨 일이 닥쳐도 뒤로 빼지 않고 배짱 하나로 버텨온 지난 시간이 주마등처럼 스쳐간다. 돌이켜볼수록 지금도 힘과 용기를 주는 젊은 날의 배짱이었다.

그때 국장님과 직원들은 나를 어떻게 기억할까? 일처리가 좀 어설퍼도 세심한 배려를 해주신 분들의 모습이 생생하다. 언제나 좋은 분들이 곁에 계셨기에 오늘도 나는 열심히 우체국에서 땀을 흘리고 있다.

김미화

오늘도
우편물 앞에 서 있다

여느 때와 똑같이 열심히 일하고, 자정 무렵에야 휴게실로 와서 잠을 잤다.

내 담당지역은 SFO HNL HKG SYD BNE MEL이다. 모두 ULD 작업이기에 컨테이너에 각각의 개수를 맞춰 우편물을 안전하게 적재하고 비행기 출발 시간에 맞춰 마감을 했다.

아침에 일어나 컴퓨터를 보았더니 지난밤 처리한 MEL 컨테이너에 캐나다 밴쿠버 우편물 들어갔다는 특급 우편물 번호가 나와 있다. 깜짝 놀라 항공사로 달려가 컨테이너 확인을 요청했지만 이미 로딩이 되어 할 수가 없단다. 호주 우편물은 SYD BNE MEL 교환국별로 구분하기에 캐나다 우편물로 들어갈 리 없다고 확신하지만 마음이 불편했다.

퇴근 후에도 매 시간 종적조회를 해보지만 MEL 교환국까지 도착되었고, 이후는 어떻게 되었는지 확인이 안 되어 불안을 떨칠 수 없었다.

국제우편물분류 작업을 하면서 이런 일들이 가끔 일어나

곤 한다. 대개 발송인이 주소를 잘못 쓰거나 접수국에서 접수를 잘못 입력한 경우가 많았다.

그런데 나의 실수로 고객에게 불편을 드린다면 견딜 수 없는 고통이다. 게다가 이런 실수가 누적이 되면 경영평가에 영향을 끼쳐 전 직원들의 평가금이 깎일 수도 있으니 쥐구멍이라도 찾아야 한다.

고객에게 불편을 드렸다는 죄책감으로 문제를 수습하기 위해 정신없는 날들을 보내야 한다. 국제우편물이라 결과를 바로 확인하기도 힘들다. 며칠 동안 마음을 졸이며 살아야 한다.

"조급하게 굴지 마. 어차피 벌어진 일이고, 조급하게 군다고 결과가 바뀌지는 않잖아. 진득히 기다리는 자세를 배워야 해."

진득하게 기다려보기, 그러다 보면 의외로 일이 쉽게 풀리는 경우가 있다. 오랜 경험으로 이런 상황을 이겨내기 위해

터득한 나만의 노하우다.

　이번 일도 그랬다. 며칠 기다려 보았더니 실수로 우편물을 잘못 보낸 것이 아니라, 실수를 했을지도 모른다고 생각한 것이 나의 착오였다는 것을 알게 되었다. 우편물이 아무 문제없이 고객에게 잘 전달된 것을 확인할 수 있었다.

　"휴우!"

　나는 또 이렇게 가슴을 쓸어내리고 오늘도 똑같은 분류작업대 앞에 서 있다. 진득하게 기다리는 삶의 자세를 다시 한 번 가슴에 새기며.

고
아
예
요
?

강지원

"여보! 애가 나올려는갑다. 일요일인데 어쩌지?"

토요일까지 근무하던 때다. 직장인에게 하루밖에 없는 휴식일이다. 근처 사는 언니에게 연락도 하지 않고, 남편과 택시를 타고 병원으로 갔다.

두 번째 출산이다. 입원실로 가자마자 금방 아이가 나올 것만 같다.

"선생님! 애가 곧 나올 것 같아요."

살펴보지도 않는다.

"좀 기다리세요,"

진통이 오고 아이 머리가 나오는 느낌이 느껴졌다.

"선생님 한 번만 봐 주세요.'

'어. 진짜네. 분만실로 옮기세요.'

입원한 지 30분 정도 지나서 분만실로 옮겨서 순산을 했다. 병실이 부족해서 일반병동에 입원할 수밖에 없었다.

병실에 도착하자마자 남편 핸드폰이 울렸다.

"예. 과장님! 지금요?…… 네. 알겠습니다."

"누구? 뭐라고 하는데?"

"응, 과장님이 출근하래."

"일요일인데? 더군다나 출산까지 했는데?"

"'애는 마누라가 낳지. 니가 낳나?' 하시네."

"그래서 갈 거가?"

"할 수 없지."

횡하니 가버렸다. 기다려도 올 생각을 하지 않았다.

저녁식사가 나왔다. 배식을 받아야 하는데, 출산한 지 얼마 되지 않아서 아파서 움직이기가 힘들었다. 옆에 환자 보호자가 대신 밥을 받아주면서 묻는다.

"고아예요?"

눈물이 핑 돌았다. 엄마는 23살 때 돌아가셨다. 엄마 안 계시는 설움이 몰려왔다. 밤 10시가 넘어가고 잠을 청했지만 도저히 잠이 오지 않았다. 남편에 대한 원망과 미움이 머릿속에 지워지지 않았다. 밤 11시가 넘어서 비틀비틀 하면서 남편이 병실 문을 열고 들어왔다. 한 마디도 않고 침대 옆에 와서 누웠다. 내가 울고 있다는 것을 알았는지 핑계를 댄다.

"우짜겠노? 과장님이 나오라는데…."

솔직히 할 말이 없었다. 생각해 보면 남편 잘못은 아니라는 것은 알지만, 화풀이 할 사람은 남편뿐이었다. 남편도 출산할 때 불만은 평생 간다는 것을 잘 알고 있다고 했다.

벌써 23년 전 일이다.

정인구

나는야
기승전패(敗)의 사나이!

둘째아들이 태어날 때였다. 새벽 진통으로 아내를 산부인과에 입원시켰다. 출산휴가를 받기 위해 수석계장님에게 전화를 했다.

"계장님, 아내가 출산을 했습니다. 오늘 휴가처리 좀 해 주십시오. 바쁜데 죄송합니다."

최대한의 예를 갖추어 하소연을 했다.

"그래, 축하한다. 아들이가? 딸이가?"

"네, 아들입니다."

"그러면 내일은 출근하재?"

"네?"

뭐라고 대꾸하기도 전에 전화기 너머로 과장님의 목소리가 들렸다.

"아는 지가 낳나? 마누라가 낳지…."

체신청 회계과에 근무하고 있었는데 과 인원이 24명이었다. 상하의 위계질서가 군대처럼 엄격했고, 나의 서열은 최말단이었다. 과장님 목소리를 듣고 도저히 휴가를 낼 수가 없었다.

"여보, 미안한데 과장님이 출근하라고 하신다. 퇴근하자마자 바로 올게."

아내를 혼자 두고 가는 마음이 편치 않았다. 아내와 나는 집안에서 막내라 양친 모두 일찍 별세하셨다. 아내를 돌봐줄 사람이 언니와 누나들뿐이었다. 육아가 힘들어서 첫애를 낳고 둘째는 낳지 않기로 했는데 덜컥 아이가 생긴 것이다.

"축하한다."

출근하자마자 나를 보고 짤막한 인사를 건네고는 모두들 시선을 책상 앞 모니터에 고정한다.

"어? 출근했네?"

앞에 있던 과장님은 짤막한 눈인사만 한다. 시기가 연말이라 회계결산으로 모두가 바쁜 모양이다. 전화를 받았던 계장님께 인사를 했다.

여느 때처럼 분주하게 하루가 끝나갈 즈음 인사과에서 우리과 직원의 승진소식을 전해왔다. 2명이 한꺼번에 승진했다고 환호성이 울렸다. 모두들 승진한 사람 주위에서 축하인사를 했다.

"승진 축하합니다!"

말은 이렇게 하면서도 마음은 걱정부터 앞섰다. 퇴근하고 빨리 아내가 있는 병원으로 달려가야 되는데 송별회가 있다.

회식이나 행사 진행은 말석인 내가 도맡아 해야 했다.

아내와 아들의 얼굴이 눈앞에 아른거렸다. 먼저 가봐야겠다는 말을 어떻게 해야 하나 망설이다가 용기를 내어 계장님에게 다가갔다.

"저, 회식 행사를 다른 사람한테 부탁하고 저는 참석 안 하면 안되겠습니까? 아내가 병원에 있는데 가봐야 할 것 같아서요."

"어, 그렇재? 그래도 오늘 송별회인데 저녁만 간단히 먹고 가지?"

'그래, 저녁만 먹고 바로 병원으로 가자.'

차마 토를 달 수 없어 마음을 굳게 먹고 송별회로 갔다. 회식은 축제분위기였다. 한 과에서 2명이나 승진하기는 꽤 힘들었다. 건배가 이어졌고, 술을 한 잔만 마시기로 다짐했지만 분위기에 휩쓸려 기분이 좋을 만큼 마셨다. 아내 생각이 나서 술맛은 없었지만 권하는 술잔과 분위기를 망칠 수가 없었다.

"2차는 승진한 사람이 쏜다. 한 사람도 빠짐없이 참석해 달라!"

안내 멘트에 따라 모두 2차 장소로 움직이고 있었다.

"계장님 저는 먼저 가 보겠습니다."

거나하게 취한 계장은 팔짱을 끼면서 말했다.

"임마, 2차 가서 분위기 보고 빠지면 되지."

거센 팔로 나를 끌고 간다. 양다리를 걸친 것 같은 모양새가 되어버려 마음이 편치 않다. 분위기에 취하다 보니 어느새 11시가 다 되어간다.

"이크, 늦었다."

택시를 타고 병원으로 황급히 달려갔다.

"여보, 미안해!"

아내는 많이 울었는지 눈이 부어 있었다.

"정말 나는 죽일 놈이다."

그 후로 부부싸움 중 아내가 불리할 때면 꼭 그때 일을 꺼낸다.

"애기를 낳은 날도 술 먹고 안 들어 왔으면서 무슨 말이 필요해."

얼마나 맘에 상처가 컸는지 잘 알고 있기에 늘 아내의 한 판승으로 끝이 난다.

나는야 기승전패(敗)의 사나이다. 억울하지만 어쩌겠는가?

상남자로 사는 법

정인구

아내가 입을 옷이 없다고 한다. 큰맘 먹고 함께 백화점에 갔다.

휘황찬란한 백화점 숙녀복 코너, 점원의 눈치를 보며 기웃기웃 몇 번을 돈다.

"여보, 이거 이쁘다. 입어봐!"

몇 번을 권해도 계속 돌기만 한다. 쇼핑백을 가득 들고 기뻐하며 가는 여인들이 부럽다.

"저 분들은 잘도 사는구면……"

슬슬 짜증이 나기 시작한다. 분홍빛 원피스 앞에 걸음을 멈췄다.

"여보, 예쁘다. 사자!"

아내도 마음에 드는 눈치다. 가격표를 뒤져보고 도망치듯 나의 소매를 끈다.

"자기 옷부터 먼저 사자."

남성복 코너로 소매를 끈다. 남성복 한 벌! 월급의 몇 달
값이다.

"자기는 왜소해서 백화점 옷 아니면 안 어울려!"

아내는 얼른 내 옷을 들고 계산을 한다.

그리고 집에 돌아오는 길에 시장통에서 자신의 옷을 골라
사 들고는 좋아하는 아내의 뒷모습에 내 눈시울은 조용히
젖어 든다.

정옥자   CCTV가 없던 시절의 이야기

"내 돈 300만 원 언제 나오나요?"

"고객님! 드렸잖아요."

창구에서 고객님과 직원 사이에 오가는 대화를 들으면서 순간 가슴이 철렁했다.

'사고구나!'

상황을 파악해보니 아침 10시쯤 한창 고객들로 창구가 복잡한 사이 현금 사기범 2명이 우체국에 들어와 범행기회를 찾던 중 현금을 찾으려고 지급서를 쓰는 고객의 상의 뒤쪽에다 씹은 껌을 한 뭉치 붙여놓은 것이다. 고객이 창구에 가서 돈을 찾으려고 통장과 지급서를 건네주는 순간 범인 중한 명이 뒤에 와서 말했다.

"아저씨! 옷에 껌이 붙었어요. 떼어 드릴 테니 저쪽으로 가시죠."

순간적으로 당황한 고객은 껌을 떼어 주겠다는 말에 아무 생각 없이 사기범을 따라서 한쪽 구석으로 갔고, 그 사이 동행한 사기범 한 명은 창구에서 기다리고 있다가 우리 직원이 고객님의 이름을 부르자 대답을 하면서 태연하게 받아

가지고 나가버린 것이다.

진짜 고객은 껌을 떼고 나서 도와준 사람에게 고맙다는 인사까지 하고 정신을 차리고 창구에 와서 우리 직원에게 "돈이 언제 나오냐?"고 묻고 있었다.

고객과 창구직원 사이의 대화를 듣고 급하게 나가서 찾아보았지만 아무도 보이지 않았고 고객을 제대로 확인하지 않고 거액의 현금을 선뜻 본인이라는 말 한 마디에 지급해 준 직원은 이미 떨며 울고 있었다.

지금 같으면 창구마다 CCTV가 있고, 현금을 취급하는 창구 직원에게는 이런 사고를 대비해서 우체국에서 보증보험에 가입해 주지만, 90년대 초인 당시에는 CCTV도 없었고, 보증보험 제도에 대해서도 이런 경우 받아본 경험이 없어 꼼짝없이 잘못한 직원이 변상해야만 하는 상황이었다.

계장으로 근무하고 있던 나는 곧바로 직원을 휴게실로 데리고 와서 안정을 취하도록 한 후 바로 고객도 현업실로 들어와 기다리도록 하였다. 이어서 국장께 보고하고 급하게 직원회의를 통해 모두가 십시일반 분담하여 고객에게 줄 현금을 맞추어서 우선 지급하고 고객을 보냈다. 분담에 동참했던 직원들은 몇 달 동안 감액된 봉급을 받고 나름 어렵게 생활을 하여야 했으나, 직원들은 끈끈한 동료애로 모두 행복하게 근무했다.

지금은 이런 경우가 있으면 CCTV로 확인해서 범인을 잡으려는 노력과 함께 담당자 변상 후 절차를 밟아 보증보험으로 보전이 가능해 졌으니 창구직원들이 마음 놓고 일할 수 있게 되었다.

그러나 그 당시는 직원을 지켜줄 수 있는 여건이 열악했다. 단지 우정가족이라는 말이 무색하지 않도록 옆에서 동료가 어려움을 겪게 되면 모두가 한마음으로 내 일처럼 살피고 도와주었던 따뜻한 정이 있어서 좋았다.

주옥아,
연탄가스 기억하니?

정옥자

"주옥아, 오늘은 우리 집에서 같이 자자."
"알았어, 업무 끝나고 갈게."

우체국에 처음 발령을 받아서 낯선 나에게 동갑내기라고
챙겨주면서 전보를 보낼 때나 받을 때 잘 알아듣지 못하는
나에게 또박또박 친절하게 대해주었던 대천우체국 전신계
노주옥!

지금은 차로 5분도 안 되는 거리지만, 그 당시에는 버스를
타고 30분도 넘게 높은 산을 넘어야 하는 비포장도로였다.
그곳에 나의 보금자리 자취방이 있었다.
친구는 보고 싶다는 내 말을 거절하지 못했다. 친구가 온
다는 말에 퇴근하자마자 저녁을 준비했다. 늦게 도착한 친구
랑 저녁을 먹고 이야기꽃을 피웠다. 친구가 추울까 봐 잠이
들기 전에 평소 피우지 않았던 연탄불을 피웠다.

내 자취방은 방 하나 부엌 하나로, 부엌문을 잠그면 아무

도 들어 올 수 없는 구조였다. 화장실을 가려면 부엌문을 열고 나가야 했다.

한참을 자다가 화장실을 가고 싶어 부엌문을 열고 나가다 앞에 있는 수돗가에 쓰러지고 말았다. 주옥이는 아직도 한밤중이었고.

"쿵!"

다행히 주인집 아주머니가 이 소리를 들으셨다고 한다. 얼른 나와서 수돗가에 쓰러져 있는 나를 발견하고 '연탄가스 먹었구나.'는 것을 직감하고 흔들어 깨우셨단다. 나는 전혀 기억이 나지 않는다. 겨우 깨어났더니 아주머니가 말씀해 주셨다.

"이제 정신이 좀 들어?"

"내 친구 주옥이는요?"

나는 정신이 들자마자 주옥이 걱정부터 했다. 다행히 주옥이는 머리만 아프다고 했다.

"너랑 나랑 죽을 뻔했는데 하나님께서 살려 주셨다."

나는 머리가 너무 아프고 힘이 없어 결근을 했다. 하지만 주옥이는 사무실 가야 한다며 아픈 머리를 하고도 출근을 했다.

주옥이는 내 남편과 같은 부서에 근무했다. 사내 연애로 남편과 결혼한다고 할 때 진심으로 축하해줬다.

"윤복 씨는 멋있는 사람이야. 우리가 맛있는 거 좀 사라고 하면 '기천 원 정도는 네가 사면 난 적어도 기십만 원은 쓸게' 라고 말하는 유머 있고 통 큰 남자야."

속이 꽉 찬 남자라면서 친구 좋으라고 남편에 대해 아낌없이 칭찬해 준 친구, 주옥이! 연탄가스가 맺어준 잊을 수 없는 친구다.

친구는 결혼하면서 사표를 내고 남편 따라 서울로 갔다. 한동안 잊고 있었는데, 서천우체국장으로 발령을 받고 보니 친구의 고향이라는 것을 알고 전화를 해봤다.

서울에서 두 아이랑 살고 있다고, 열심히 신앙생활하면서 잘 살고 있다고 한다. 한번 만나자고 하면서도 뭐가 그리 바쁜지…. 이제 연탄가스 추억조차 아련하기만 하다.

어느덧 30년 가까이 얼굴을 보지 못했다.

그동안 소중한 걸 잊고 너무나 바쁘게 살아왔나 보다. 주옥아! 오늘은 많이 보고 싶다.

홍순희

너무 어려
발목 잡힌 선생님의 꿈

고 2때였다. 야간자율 학습시간이 싫었다. 어차피 형편상 대학을 가지 못할 건데 늦게까지 남아서 공부하고 싶은 맘이 없었다.

"선생님, 저 축농증 때문에 머리가 아파서 집에 갈게요."

핑계였다. 집에 일찍 가도 할 일이 있는 것이 아니다. 한국 단편 소설이나 좀 보다 재미없으면 엄마랑 이야기하다 자는 게 전부였다. 학교에 흥미가 없으니 성적도 자연히 떨어졌다. 3학년 때는 우반에서 열반으로 쫓겨났다. 반에서 1등도 했건만 선생님의 격려에도 기쁘지도 않았다. 친구들에겐 창피한 생각만 들었다.

그렇게 고등학교를 졸업했다. 방학이면 대학에 간 친구들이 우리 집에 왔다. 오랜만에 만나 반가워 스스럼없이 대했지만, 내 마음 한 구석에는 거리감이 생겼다.

"순희는 어느 대학 들어갔지?"

가끔 시내에서 고3 때 선생님을 우연히 만날 때 이렇게 물으시면 답할 수가 없었다. 선생님들을 만날까 봐 밖에 나

가지도 않고 집에만 있게 되었다.

"요즘 뭐하냐? 국립대 갈려고 재수하냐?

그 무렵 동네 주산학원을 운영하는 고등학교 선배에게 연락이 왔다.

"아, 아니요? 잘 아시잖아요?"

"음, 그럼 집에만 틀어박혀 있지 말고 우리 학원에 와서 나 좀 도와주라."

선배는 내 실력이면 충분하다며 초등학생과 중학생들을 대상으로 과외교습을 해달라고 했다.

'맞아, 초등학교 때 내 꿈이 선생님이었지.'

나는 좋은 제안이라며 얼른 받아 들였다. 학원에서 초등학교 저학년은 숙제하는데 학습지도를 도와주고, 고학년은 교과서 중심으로 선행학습을 지도해 주었다. 원장을 대신해서 4학년 이상 초등생들에게 교과과목을 가르치기 시작했다. 누구보다 열심히 준비해서 저녁 늦게까지 초등학교 전 학년과 중1 학생들을 가르쳤다.

하지만 정식 고용이 아니라 월급 대신 수고비를 받았는데 금액이 터무니없었다. 너무 자존심이 상했다. 그만 둘 수밖에 없었다.

"순희야, 임시강사라도 할래? 빨리 채용한다는 학교가 있는데?"

한 달 후쯤에 선배에게서 전화가 왔다. 두메산골 분교에 선생님이 갑자기 그만 됐는데 희망하는 교사가 없어서 임시강사라도 빨리 채용한다는 것이다.

38선 이북 전방지역인 인제군 신남면 신월리에 있는 분교였다. 일주일 후에 선배님은 분교 초등학교에 딸이 다니고 있는 주임상사 군인아저씨를 만나게 해주었다.

"임시 교사직 경력이 있으면 준교사 자격증도 딸 수 있고, 나중에 정식교사 기회도 주어지니까 좋은 기회가 될 겁니다."

나는 정식교사가 될 수 있다는 기대를 갖고 부모님의 허락을 얻었다.

다음날 아침 일찍 인제행 시외버스를 탔고, 인제에서 또 산간오지로 가는 나룻배를 탔다. 배에서 내려 한참을 걸으니 작은 시골학교가 보였다. 운동장 한 켠에서 놀던 아이들이 뛰어왔다.

"선생님!"

아이들이 무척 기다렸다는 듯 나를 반겼다. 아이들에 둘러싸여 운동장을 지나 교장실로 갔다. 교장선생님이 정말 반갑게 맞아 주었다.

전교생은 20여명이었다. 교장선생님은 초등학생들을 가르친 경험이 있어 잘 됐다며 꼭 학생들을 가르쳐달라고 했다. 채용 서류를 바로 준비해 달라고 했다.

"몇 년생이지요?"

"주민등록상에 1960년 11월생입니다."

교장선생님이 갑자기 어두워지더니 한숨을 푹 쉬었다.

"그럼 만18세가 안 되어 임시교사로도 채용이 어렵네요."

나도 갑자기 멍해졌다. 교사가 되어보겠다는 희망을 갖고 왔는데…. 하루 종일 버스 타고, 배 타고 힘들게 온 피로감이 확 밀려왔다. 이미 막차는 끊어져서 집으로 바로 돌아갈 수도 없었다. 주임상사의 딸과 하룻밤을 지냈다.

아침에 세수를 하는데 여름인데도 물이 무척 차가웠다. 나도 강원도가 고향이지만 이 곳은 정말 산골이었다. 어제 만난 아이들이 실망할 것 같아 일찍 나섰다. 아이들이 볼까 봐 첫차를 타고 원주로 돌아왔다.

나이가 어리다고 발목 잡힌 선생님의 꿈이 아른하다.

그때 부모님이 출생신고라도 제때 했다면 어땠을까? 내 인생은 지금과 전혀 다른 길로 가 있지 않았을까?

보고
싶다

최수경

가을

나뭇잎 홀로 지던 그 밤

그리움에

밤새도록 별을 세었다

너도 그러하더냐?

나 때문이더냐?

우체국 도다리,
어때요?

강지원

독서기본과정에 참여하고 마칠 때쯤 한 동료가 따라오면서 말했다.

"선배님! 창원 청춘도다리 오세요."

"도다리요?"

"부산 도다리가 더 맛있는데 뭐 하러 창원까지?"

"먹는 도다리가 아니예요."

도다리는 '**도**전하지 않는 청춘이여! **다**시 **리**셋하라.'를 줄인 말이었다.

남편과 창원으로 갔다.

60세가 넘으신 분이 꿈을 이룬 것을 종이에 적어서 발표하는 시간이 있었다.

꿈을 이룬 발표를 듣는 자체가 감동이고 흐르는 눈물을 감출 수가 없었다. 처음에는 눈물을 보이지 않으려고 노력했는데 여기저기서 눈물 닦는 모습이 보였다.

꿈을 가진다는 자체만으로 설레는 것이다.

도다리를 부산에서도 한다고 했다. 적당한 장소를 찾고 있다는 소식을 들었다. 조금의 망설임도 없이 간부회의 때 건의를 했다.

"사람들의 꿈을 심어주고, 이룬 꿈을 강연하는 모임이 있는데, 장소를 우리 우체국으로 하고 싶은데 될까요?"

국장님은 흔쾌히 승낙하셨다.

"뒷정리 잘 해주고, 보안에 신경만 쓰면 괜찮아요. 다른 간부들 생각은?"

모두 괜찮다는 의견이었다.

평범한 사람들이 꿈을 이루어 가는 강연을 듣고 직원들이 조그마한 꿈이라도 하나씩 갖기를 원했다. 흔쾌히 장소를 승낙해준 국장님께 감사했고, 좋은 직장에서 좋은 분들과 함께하는 것이 감사했다.

우체국에서 한번 열렸지만, 앞으로는 우체국직원들 간의 도다리가 열리기를 기대해 본다.

우체국 도다리, 어때요? 정말 맛나지 않을까요?

오늘도 집배원은
정감어린 대화를 꿈꾼다.

정옥자

2010년 부여우체국장으로 근무하던 어느 추운 겨울 날! 폭설까지 겹쳐 정상적인 우편물 배달을 할 수가 없을 것으로 판단되어 폭설로 인한 장애 지역 등록을 하였던 적이 있었다.

다행히 다음 날 눈은 그쳤지만 추운 날씨로 도로가 결빙되어 최소로 급한 우편물만 먼저 배달을 하도록 하였으나 일부 직원은 우편물량이 많아 오토바이에 우편물을 가득 싣고 위태롭게 배달 업무를 하였나 보다. 이 모습을 본 한 주민의 전화가 국장실로 걸려왔다.

"국장님! 집배원이 이렇게 추운 날씨에 도로가 얼어있어 위험한데 오토바이를 타고 우편물을 배달하고 있는 것을 보고 안타까워서 전화했습니다. 집배원에게 오토바이 대신 소형 차량을 지급해서 배달하도록 하면 안 되나요? 국장님께서 건의를 좀 하셔서 차량으로 배달을 하도록 하시죠."

애정 어린 주민의 전화를 받고 고맙다는 말과 함께 꼭 청에 건의를 하겠다는 말로 전화를 끊었다.

그 당시에는 청과 본부에서 소형차에 대한 검토는 하고 있으나 예산 등 여러 가지 여건들로 어렵다는 말을 들었다.

하지만 지금은 본부에서 소형 전기차에 대한 검토가 활발하게 진행되고 있다. 그 때 애정을 갖고 건의를 해준 고객의 마음이 더 고맙게 다가온다.

134년의 우정역사를 살펴보면 우편물을 배달하는 집배원의 근무 환경은 좋지 않았다. 1990년 제7회 체신봉사상 대상을 수상한 전순형 씨의 증언이 이를 증명한다.

"1960년대 초만 해도 자전거마저 없어 하루 2백리 길을 발이 부르트도록 걸어야 했다."

1999년 체신봉사상 본상을 수상한 김기선 씨의 증언은 어떠한가?

"1970년대는 하루 평균 300여 통의 우편물을 걷거나 자전거를 타고 배달했다. 해안가 비포장도로가 대부분인 지역에서는 대꼬챙이로 자전거 바퀴에 엉킨 진흙을 떼어내며 60km 이상을 돌았다."

자전거를 탄 거리보다 끌고 다닌 곳이 더 많았다고도 하니 근무 여건이 얼마나 열악했는지 알 수 있다.

그래도 우리 집배원들은 그때를 좋은 시절로 회상하고 있다. 자전거로 우편물을 배달할 때만 해도 교통이나 통신 수단이 발달되지 못한 시절이었다.

마을마다 남녀노소 없이 가장 기다리는 사람이 단연 우리 집배원이었다. 집배원이 마을에 나타나면 모두들 몰려나와 자기 편지를 찾으며 읽어 주기를 원했고, 또 불러주는 대로 편지를 써 주는 일까지 하였지만 따뜻한 정이 있어 좋은 시절이었다고….

최근에는 정보통신사업의 급속한 발달로 집배원들이 배달하여야 할 우편물은 정감어린 편지가 아닌 각종 고지서와 홍보우편물, 그리고 부피가 큰 인터넷 쇼핑 상품 등의 택배 우편물이 주를 이루고 있다. 게다가 대다수의 고객이 조금만 늦어도 전화로 독촉하는 경우가 많아 마음의 여유를 찾을 수 없다고 한다.

오늘도 우리 집배원들은 더 많은 지역 주민들 곁에서 관심과 사랑을 받으며 정감어린 대화를 나눌 수 있는 집배원으로 돌아갈 수 있기를 꿈꾼다. 그래서 더더욱 고객을 정중하고 친절하게 맞이하며 한 통의 우편물이라도 소중히 다뤄 신속·정확·안전하게 배달하여 국민 모두에게 신뢰를 받기 위해 심혈을 기울이고 있다.

이현숙

꿈은 이루어진다

고등학교 졸업 1년 후인 1982년 3월 체신공무원, 같은 해 5월에는 대전지방공무원 시험에 응시하여 모두 합격했다. 합격 통지서를 먼저 받은 대전지방공무원의 교육 과정 중에 남편을 만나는 행운도 있었다. 고민 끝에 국가직공무원인 체신공무원을 선택했다.

1982년 11월 13일에 고향인 충남 당진우체국에서 공직 생활을 시작했다. 교육과정 중에 만난 그 사람과 미래를 설계하다 보니 자연스럽게 통하는 부분이 많았다. 그 분은 충남 당진 신평면사무소에 근무했는데 미래가 만족스럽지 못하다며 사표를 내겠다고 의견을 밝혔다. 선택은 본인의 몫이라고 했더니 고민 끝에 사직서를 제출하고 나의 자취방으로 짐을 옮겼다.

1984년, 사랑하는 이와 함께 생활하기 시작했다. 결혼식을 하기엔 둘 다 형편이 좋지 않았다. 그 분의 어머니가 많이 아프셔서 직장 의료보험 혜택을 받기 위해 혼인신고를 먼저 했다.

친정에는 먼저 알릴 수 없었다. 나중에 어떻게 알 수밖에 없었던 친정엄마는 노발대발하셨지만 우리의 선택을 막을 수는 없었다. 더 나은 미래를 위한 선택이라지만 지금 생각하면 정말 무모할 만큼 젊은 혈기만을 믿고 저지른 일들이었다.

우리는 어렵게 시작한 만큼 반드시 성공해서 부모님께 효도하자고 손가락 걸며 수없이 많은 눈물을 흘렸다. 아이가 일찍 생기는 바람에 과거의 선택에 대해 후회할 여력도 없었다. 오로지 꿈을 위해 미래를 위해 앞만 보고 가기로 했다.

1987년, 드디어 남편이 7급 공무원에 합격했다. 대전으로 발령을 받으며 자연스럽게 나도 대전우체국으로 자리를 옮길 수 있었다.

남편은 주경야독으로 1991년 3월에 한밭대학교 경제학과에 진학했다. 졸업하던 1995년에는 내게도 대학에 진학하라며 입학 원서를 건네주었다. 동시에 남편은 충남대학교 대학원에 입학하여 행정학을 전공했다.

나는 남편과 같은 한밭대학교 경제학과를 선택했다. 꿈에 그리던 대학생활을 시작한 것이다. 업무를 끝내고 저녁에 듣는 수업이 쉽지는 않았지만 뿌듯한 마음이 훨씬 더 컸다.

2006년도에는 충남대학교 대학원에서 마케팅을 전공하여 석사학위를 받았다.

남편은 직장에서 승진이 누락되자 박사과정에 도전하여 한남대학교에서 2007년 행정학 박사 학위를 받았다.

직장생활에서 승진은 피할 수 없는 과정이다. 승진에서 밀리지 않기 위해서는 부단히 노력해야 한다. 승진은 연공서열보다 능력을 중요하게 여긴다. 이를 위해서는 업무 능력을 기본으로 한 자기관리 능력을 갖춰나가야 한다.

나는 대학원을 마치고 승진에 가점이 있는 자격증 취득 공부에 매진했다. 2009년 AFPK, 증권펀드 투자상담사, 2012년 노래지도사, 2014년 웃음치료사, 2015년 사회복지사 1급, 우정인증 1급, 사무관 승진 대상자 역량평가 및 필기시험 등등.

이렇게 직장일과 자기관리 공부를 끊임없이 하는 중에 2018년 4월에 5급 사무관으로 특별승진을 했다. 특별승진은 말 그대로 현업에서 열심히 노력한 성과가 뛰어난 직원에게 주어지는 특별한 혜택이다.

꿈은 이루어진다. 나는 누구보다 이 말을 굳게 믿는다. 지금까지 내가 걸어온 길이 이를 증명하기 때문이다.

공무원이라는 비교적 안정된 직장이었지만 꿈을 이루기 위해 사직서를 던졌던 남편도 지금은 부이사관으로 승진하여 구청의 부구청장으로 근무 중이다.

오로지 사랑 하나로 남편을 따라 나섰던 젊은 날의 기억이 아련하다. 수없이 눈물을 흘리면서도 꿈을 이루기 위해 앞만 보고 달려온 지난 시절이 주마등처럼 스쳐간다.

이 모든 것들이 내겐 꿈을 이루기 위한 도전의 길이었다.

9월의 행복

박주용

9월이 오면
높고 푸른 하늘빛에
가을의 행복이랑
내 마음이 살찌고
그대!
여행을 떠나요
내 마음의 사랑을 싣고
나뭇잎이 물들면
익어가는 가을을 느끼며
그대!
여행을 떠나요
우리 사랑 그렇게
영글어 가는
들녘의 가을바람을 타고
9월의 여행을 떠나요

전 세계 여러분께 외칩니다

4부

겨울은 준비의 계절

"아파트 자치회에서 알려드립니다. 밤새 눈이 많이 왔습니다. 각 가정별 1명씩 나오셔서 집 앞에 눈을 치워 주시기 바랍니다."

천안 우정공무원교육원에서 겨울을 두 번 났다. 새벽잠이 덜 깬 상태로 이런 소리를 자주 듣곤 했다. 각 가정별로 한 명씩 나오니 꽤 여러 명이 모였다. 눈은 계속 내렸다. 눈을 치우고 돌아서면 쌓이고, 또 쌓이니 치워도 끝이 없었다. 그래도 다들 열심히 눈을 치웠다.

"수고들 많았습니다!"

출근 시간에 맞춰 어떻게든 끝을 내야 했기에 치운 곳에 눈이 쌓이는 것을 보면서 집으로 돌아온 적도 많았다. 눈을 치우고 와서 다시 눈을 맞으며 출근을 한 적도 있었다

'왜 이렇게 눈이 많이 오는 거야!'

눈을 치울 때는 이런 마음이었지만 출근길은 또 달랐다.

'와, 정말 아름답구나!'

정말 어디에서도 볼 수 없는 멋진 풍경이었다. 눈 치울 때의 고단함은 금방 잊을 수밖에 없다. 눈 내린 교육원의 겨울

풍경은 그 어느 곳 하고 비교할 수 없을 정도로 정말 멋있다.

나는 그 모습에 취해 교육원에 근무하는 것이 내 인생의 커다란 선물 중에 하나라는 생각을 했다. 세상의 모든 근심과 걱정을 덮어버린 새하얀 눈, 그 순간만큼은 이 곳이 깨끗함만을 품은 유일무이한 곳이라는 느낌을 갖게도 했다.

나는 겨울을 좋아한다. 많은 사람들이 봄, 여름을 좋아한다고 하지만, 아무리 삭풍이 불어도, 살을 에는 듯한 추위가 엄습해도, 하얀 눈이 장관을 이루는 겨울을 나는 좋아한다.

덮은 눈 속에서
겨울은 기쁨과 슬픔을 가려내어
인간이 남긴 기쁨과 슬픔으로
봄을 준비한다

묵묵히

조병화의 시 '겨울'의 한 구절이다. 겨울은 죽음의 계절이 아니다. 겨울 동안 만물은 엄청난 준비를 묵묵히 한다. 봄에 아름다운 꽃을 피우기 위해서, 여름에 푸르름을 위해서, 가을에 풍성한 수확을 위해서, 삭풍이 불어 살을 에는 듯한 추위에도 묵묵히 준비를 하는 것이다.

그러다 보니 생각의 꼬리는 교육원의 소명으로 이어진다. 교육원은 이곳을 다녀가는 모든 사람들이 묵묵히 준비할 수 있도록 도와주는 곳이다. 비록 삭풍과 살을 에는 추위로 힘들 수는 있지만, 구성원들이 더 나은 삶을 설계하도록 도와줘야 하는 교육원 책임자로서의 소명을 되새기게 한다.

새벽에 잠이 덜 깬 상태에서 눈을 치워야 하는 일은 힘들다. 하지만 그럼에도 불구하고 매번 삶의 활력을 주면서 교육원 책임자로서의 소명을 되새기게 해주는 교육원의 겨울은 내가 받은 뜻 깊은 선물 중에 하나임이 분명하다.

하늘나라 하늘시 하늘동

김미화

발송인과 수취인의 주소가 없거나 불분명한 우편물을 환부불능우편물이라 한다. 그 어떤 우편물이라도 소중히 다루는 우리는 이런 우편물을 접하면 내용물을 살펴서 연락 가능한 주소나 연락처가 있는지 꼼꼼히 확인절차를 갖는다. 아무리 고객이 한 실수라도 소중한 우편물이기에 최대한 주인을 찾아주기 위한 노력을 기울이는 것이다.

이렇게 주인을 찾아주는 우편물도 많지만, 더러는 어쩔 수 없이 환부불능우편물로 처리하는 것들도 많다. 고객을 생각하면 참으로 안타깝지만 어쩔 수 없는 선택이다.

환부불능우편물 중에는 가슴을 뭉클하게 하는 경우도 있다. 발송인과 수취인의 주소가 분명한 것을 보면 고객이 실수로 보낸 것은 아니다. 가장 기억에 남는 것 중에 이런 사연도 있었다.

발송인 : 엄마가 사랑하는 아들
수취인 : 하늘나라 하늘시 하늘동 하늘아파트 하늘호 엄마에게

하얀 편지 봉투에 초등학생이 연필로 쓴 삐뚤빼뚤 쓴 발송인과 수취인 주소가 눈에 띄었다. 어떻게든 고객의 정보를 알아내기 위해 속 편지를 살펴보지 않을 수 없었다.

엄마 안녕하세요?
하늘나라에서는 아프지 않고 잘 지내시지요?
저는 엄마 말씀처럼 밥도 잘 먹고 학교도 잘 다니고 숙제도 열심히 하고 있어요.

그러니깐 내 걱정 마시고 엄마 잘 지내세요. 그리고 많이 사랑해 주셔서 고맙습니다.

또 편지할게요.

사랑하는 아들 올림

고객에 대한 작은 정보라도 알아내고자 꺼내들었던 편지를 읽으며 어린아이의 순수함과 엄마에 대한 그리움이 느껴져 나도 모르게 눈물을 흘릴 수밖에 없었다. 끝내 아이의 소망대로 하늘나라까지 배달은 못해 미안했지만, 아이의 절절한 그 마음만큼은 어떻게든 엄마한테 배달해 주고 싶어했던 기억이 생생하다.

울 엄마표
열무김치국수를 먹어야지

홍순희

푹푹 찌는 무더위가 시작되는 한 여름이다
시원한 열무김치국물에 쫀득하게 삶아 넣은
울 엄마표 진국의 사랑이 아른하다

앉아만 있어도 더운 날인데
가스불 앞에서 흐르는 땀 닦을 새도 없이
국수 삶는 물이 넘칠까 봐
등허리 굽히며 젓가락을 저으시며
하얀 김 뒤집어 쓰며 국수땀을 흘리신다

해달라는 대로 다해 주지 못해
복잡한 서울로 일찍 떠나 직장 다니는 딸
그 딸이 안스럽고 고마워
무엇인가 해주고 싶어서
한 달에 한두 번 집에 오는 토요일은
아침부터 번갈아 가며 전화하신다

출발했나? 오는 중이냐?
지금은 어디쯤 왔냐?
언제쯤 집에 들어 오냐?
막내딸에게 당신 손으로
시원한 국수 만들어 주시고 싶은 마음이
먼 거리 목소리에 절절히 담겨 있다

젊디 젊은 내가
엄마가 만들어 주는 국수를 먹는 게 죄송해서
허리 굽은 엄마 뒤에서 어정어정 거리면
텔레비 앞에 계신 아버지한테 가 있으라 하신다

기다리던 열무김치국수가 식탁에 놓이자마자
치켜 세운 젓가락 속에 내 입은
시큼한 김칫국물을 들이키며
국수를 한 입 가득 물고
엄마에게 엄지척을 한다
텔레비 보시던 아버지도
네 엄마 국수 솜씨가 일품이지!

입을 삐죽 내미시며 행복해 하는 엄마는
국수를 먹는 막내를 물끄러미 보며,
많이 먹고 더위에 기운 차리고 힘내라!
그러면 나는 지금 기운이 솟아나는 거 같애
엄마랑 나랑 뜻이 통했나 봐
오늘, 이 국수 무지 먹고 싶었었는데!

손등에 힘줄이 울룩불룩 나온
검버섯이 돋아난 손으로 만드신
엄마표 국수 국물이 더 생각난다

종종 아버지와 나에게
여름이면 시원한 열무김치국수를
겨울이면 따근따근한 멸치국수를
챙겨주시던 엄마가 오늘 따라 보고 싶다

금년처럼 이렇게 폭염이 지속되는 여름이면
엄마가 더 보고 싶다
엄마표 사랑이 오래오래 간절하다

오늘 중복이다
내일은 토요일이다
엄마가 만들어 주셨던 그 국수를
남편과 같이 만들어 먹어야겠다.

홍순희

간절함으로 이룬
공무원의 꿈

고등학교를 졸업하고 주민등록상으로 공무원시험에도 응시할 수 없는 나이라 집에만 있으니 울화병이 생기는 것 같았다. 서울로 간 친구 소식도 점점 멀어져 갔다. 가을이 깊어가는 어느 날이었다. 서울로 취직해서 이사 간 친구 언니한테 전화가 왔다.

"순희야, 언니가 일하는 거 같이 할 생각 없나?"

언니는 마침 한 사람이 그만두었는데 내 생각이 났다고 했다.

"서울 가면 잠잘 데 없는데 어떻게 해요?"

"걱정 마. 우리 집에서 자면 되잖아."

친언니가 동생을 챙겨주는 것 같아 너무 고마웠다.

1979년 12월 1일, 시흥 소하동우체국(현재는 일반우체국으로 우체국 명칭 변경됨) 임시직으로 출근했다. 당시는 KT 통신공사로 분리되기 전이라 사무실 뒤편에 자석식 전화교환실이 있었다.

내가 할 일은 우체국 임시직 교환원 보조였다. 교환원 선

후배 간에 위계질서는 확실했다. 먼저 적응한 언니들의 텃세가 장난이 아니었다. 당시는 별정우체국이라 근무환경도 열악했다.

하지만 그것은 내 인생의 큰 전환점이었다. 나는 어떻게든 공무원 공개경쟁 채용시험에 응시해야겠다는 마음을 먹기 시작했다.

서울에 온 지 한 달이 넘을 무렵 1호선 지하철역 승강장에서 공무원 특강벽보를 봤다. 직접 방문해서 얼른 등록했다.

전화 교환실은 24시간 맞교대로 근무하고 있었다. 나는 사정을 말하고 야간근무만 할 수 있도록 해달라고 했다. 오후 6시에 출근하여 아침 7시에 퇴근했다. 퇴근 후에 매일 50분 이상 전철을 타고 종로2가 공무원시험 준비 학원으로 갔다.

낮에는 학원, 밤에는 옆에 책을 놓고 밤새 전화교환실 근무를 했다. 야간 근무는 힘들지만 한밤에는 업무가 그리 바쁘지 않아 요약된 수험책을 볼 수 있었다. 학원과 야근을 반복하다 보니 깜빡 잠이 들었다가 지하철 막차가 끊겨 출근할 수 없어서 무단결근으로 교대를 못해줘서 선배한테 엄청혼이 난 적도 있다.

1980년 1월 초 학원에 등록 후 바로 강원도 지방직 5급을(현재 9급) 행정직 공무원 채용 공모가 있었다. 채용인원은 여성 45명, 남성 180명이었다. 나는 시험 응시 전 날 중계동에 사는 언니 집에서 자고, 시험 당일 새벽 5시에 일어나 바로 옆에 있는 조그만 교회로 가서 간절히 기도를 했다.

"하나님, 제가 이번 시험에 꼭 붙게 해주세요."

그 날의 기도는 내 평생 잊지 못할 정도로 간절했다. 언니가 직접 만들어준 찰밥을 먹고 춘천행 기차를 탔다. 창밖으로 눈이 펄펄 내리고 있었다. 새벽 기차에는 나와 저쪽 한 구석에 한 사람만이 전부였다.

지방직 시험을 마치고 나니 국가직 5급을 행정직공무원 채용 공고가 있었다. 바로 응시원서를 제출하고, 먼저 본 시험 결과만을 기다렸다. 합격자 발표가 있는 날, 출근하자마자 우체국 공중실로 가서 DDD 자동전화로 원주군청에 전화를 걸었다.

"수험번호 45번인데요 합격되었나요?"

"45~~버언 %$#*%!*&^"

"예? 잘 안 들려요!"

"축하한다고요!"

"네, 축하한다고요?"

나는 전화를 끊는 것도 잊고 큰 소리로 외쳤다. 갑자기 주변이 조용해졌다. 언니들의 시선이 나한테 집중되었다. 그날 부터 언니들이 무척 부드러워지기 시작했다. 모두들 부러운 눈길과 대단한 의지에 감탄했다며 보내주었던 격려가 아직 도 생생하다.

지방직 시험에 합격했지만 나는 이미 응시원서를 제출한 국가직 공무원(9급) 공채시험에도 최선을 다했다. 1980년 4 월 7일, 서대문구에 있는 전문학교 고사장에서 국가직 시험 을 치르고 평소처럼 출근을 했다. 봉급날인 4월 25일에 국 장님이 부르셨다.

"어려운 공무원 시험에 합격했으니 임용될 때까지 고향에 가서 맘껏 놀아. 축하하고."

그날 첫 직장을 떠나 고향으로 내려왔다.

고향에서 부모님과 함께 생활하는 시간은 매일 즐겁고 행 복했다. 그 해 7월초에 서울신문에 게재된 국가직공무원 합 격자 수험번호 명단을 보는 순간 고교 졸업 이후 힘들었던 시간이 한순간에 사라지면서 기쁨의 눈물을 흘렸다. 나의 노 력의 결과가 헛되지 않았다는 것에 너무도 기쁘고 감사했다.

늦가을인 1980년 11월 27일 국가직 임용 통보에 이어 12 월 1일 지방직 발령 통보! 3일 간격으로 신규임용 발령통지를 모두 받았다. 먼저 합격한 지방직과 나중에 합격한 국가직의 겹경사를 놓고 어느 쪽을 선택해야 할지 잠시 행복한 고민을 했다. 선택은 당연히 국가직이었다.

1980년 11월 27일, 첫 발령지인 원주우체국에서 나의 공직생활은 시작되었다. 오랜 기간 기쁨과 설렘의 나날들 속에 힘들고 어려웠던 일들도 무수히 많았지만, 또 한 번의 간절한 공무원의 꿈이 이루어졌다.

2014년 2월 27일 드디어 4급 서기관으로 승진하였다. 20년간 서울에서 직장생활을 마치고, 2015년 1월 나의 첫 발령지이자 고향인 원주에 내려왔다. 나의 발령소식을 듣고 무엇보다도 아버지가 무척 기뻐하셨다. 강원지방우정청 사업지원국장을 거쳐 마침내 2016년 7월 1일 꿈에 그리던 원주우체국장에 부임하여 여성CEO가 되었다.

엄마

최수경

한여름 땡볕 아래 쪼그려
무던히도 흘리셨을 땀
그 땀을 고스란히 담아 보내주셨다
감자 한 자루 옥수수 한 상자
강낭콩 한 봉지 오이 호박 몇 개
외손주 좋아한다고 토마토까지

택배보따리 풀다 눈물 글썽
고향 하늘을 본다
아프신 곳은 없는지
나는 여태껏 엄마 생각
감자 한 알만큼이라도 했나

올 여름은 왜 이리 더운지
오는 주말에는
찾아뵙고 꼭 안아 드려야겠다
엄마 고마워요
사랑해요

정옥자

첫 발령이 엊그제 같은데

"왜 이제야 왔어요. 오늘까지 안 왔으면 발령 못 받을 뻔
했어요."

"죄송합니다."

1980년 11월 28일 오전, 어색해서 쭈뼛쭈뼛 두리번두리
번 들어서는 나를 향해 어느 직원이 걱정스런 표정으로 맞
았다. 지금 생각해 보면 그 직원이 인사주임이었던 것 같다.

우편으로 받았던 합격통지서에 11월 28일까지 대천우체
국에 가서 임용을 받으라는 내용이었는데, 나는 11월 28일
에 맞춰 가야만 하는 줄 알았다. 그래서 발령 받으면 찾아뵙
기 힘들 것 같아 전날까지 할머니 손을 잡고 작은아버지, 큰
고모, 작은고모 댁을 들러서 인사를 다녔다. 꼭 그 날에 맞춰
아버지와 함께 꾸불꾸불 덜컹덜컹 버스를 타고 비포장도로
를 달려간 것이다.

그런데 발령 통지서에는 충남 성주우체국! 그래도 배려해
서 내 고향 부여에서 가까운 우체국으로 발령을 내주었다는
말을 듣고 다시 왔던 길을 돌아서 높은 산을 넘어 탄광촌인

부임지로 향했다.

아버지와 함께 이불까지 싸서 갔던 터라 짐을 들고 다닐 수 없어 먼저 우체국 가까운 곳에 있는 교회로 찾아갔다.

"우체국으로 발령 받고 왔습니다. 거주할 수 있는 방을 소개해주세요."

그런데, 이게 웬일인가?

"목사님 사택에 방 한 칸이 비어 있는데 3월부터 교회 어린이집 선생님이 오면 쓸 곳이니 당분간 쓰셔도 좋습니다."

정말 감사한 일이다. 얼른 이불을 포함한 짐을 넣어두고, 아버지께는 가시라 하고 혼자 우체국을 찾아갔다.

우체국에는 7급 행정주사보 국장님과 그때 막 행정서기로 승진한 차석님, 집배원 2명, 전화 교환원 5명, 모두 10명이 근무하는 곳이었다. 여자가 공무원 시험에 합격해서 왔다고 모두가 반겨주었다. 특히 시험으로 들어 온 여자 행정서기보는 처음이라며 장교머리를 가졌다고 치켜 세워주면서 친절하게 대해 주셨다.

차석님께서 친절하고 꼼꼼하게 업무를 가르쳐 주어서 업무를 잘 익힐 수 있었다. 1년 1개월 근무하는 동안 현금출납 시정 통지서가 어떻게 생겼는지 모를 정도로 무과오 취급을 했다며 종무식 날 충청체신청장 표창을 받으러 오라는 소리를 들었다. 표창을 받으려고 서무계로 갔더니 1982년 1월 1일부터는 대천우체국으로 출근을 하라고 했다.

처음에 발령 받은 곳인 줄 알고 찾아갔던 감독국 근무가 그날부터 시작되었다.

아무것도 모르는 새내기를 따뜻하게 맞아주고, 업무도 세세하게 잘 가르쳐 주셨던 고마운 분들의 얼굴이 생생하다. 언제나 항상 고마운 마음을 전하고 싶다.

그게 어느덧 40여 년 전의 일이다.

여성관리자로 인정 받기까지   홍순희

"홍양, 계장 승진을 축하해!"

"정말요?"

우체국 최일선 창구에서 근무한 지 8년이 지날 무렵이었다.

1988년 5월에 강원청 여성 공무원으로서는 최초로 7급 승진하여 춘천우체국 회계계장의 보직을 받아 직무를 수행하게 되었다.

"여자는 안 받으려고 했는데…"

막상 춘천으로 갔더니 회식 자리에서 직속상관인 과장님이 새겨들으라는 듯이 말했다. 그 당시는 그랬다.

남성 공무원의 전유물로 여겨져 왔던 꽃보직의 자리라고나 할까? 총괄국장은 물론 관리 부서를 총괄하는 과장의 동의 없이는 올 수 없는 직책이었다. 하지만 우체국의 업무 특성상 남자들끼리 어울려야 술도 마음대로 먹을 텐데, 여자라는 이유로 함부로 할 수 없으니 불편함을 내비친 것이다.

회계계장의 직무는 우체국의 모든 사업의 세출 예산을 집행하고 관리하는 부서다. 또한 우표 판매 등 우체국에서 발생하는 각종 사업에 대한 세입을 징수하고 결산한다. 특히 관할 우체국의 예산뿐만 아니라 시설 개보수 및 정비 등에 관한 공사를 시행하고 집행한다. 그래서 총괄국장의 막강한 신임과 지원 없이는 맡은 임무를 수행하는 데 적잖은 어려움이 있었다. 회계계장은 국장의 손과 발이 되어야 하기에 남성 공무원을 선호함은 풍토상 그럴 수 있다고 웃어 넘겼다.

그리고 여성공무원도 영업부서가 아닌 경영기획, 관리 회계부서에서도 문제없이 근무할 수 있다는 것을 보여 주고자 노력했다. 그때부터 나로 인해 더욱 투명하고 정직한 여성 공직자의 위상이 정립되었다.

"우르릉 꽝!"

1988년, 폭염이 지속되는 8월 초 늦은 장마가 시작되었다. 춘천지역에 갑자기 쏟아진 폭우가 밤사이에 산 아래 주택가를 덮쳤고, 우체국 옆 길 복개천 위는 물바다가 되어버렸다. 그로 인해 춘천우체국 담장 옆에 서 있던 변압기가 쓰러졌고, 우체국 후정과 지하 1층은 토사와 함께 침수되었다.

토요일 일요일에도 전 직원이 출근하여 양수기로 흙탕물을 퍼 올리고 가라앉은 진흙도 퍼내야 했다. 침수가 된 지하 1층은 전기실, 보일러실, 구내식당이 있었다. 흙탕물에 며칠간 잠겼던 모든 시설물은 사용이 불가 판정이 나와 긴급 예산을 요청하였다. 회계업무를 제대로 알기도 전에 시설에 대한 대 수리 공사를 맡게 되었다. 전기 배선 공사, 보일러 교체 공사, 후정 물막이 공사 등 공사 집행을 위해 밤새워 규정들을 습득하며 전문가의 도움을 받아 공사를 시행하게 되었다.

　처음으로 회계계장의 직무를 습득하여 후정 물막이 공사를 위해 처음으로 내가 직접 그린 도면(평면도, 측면도 등)을 포함한 공사집행 계획서를 작성하였다. 며칠 후 나는 공사원가 및 설명서와 함께 직접 그린 공사 도면을 보여드리며 과장님께 긴장한 목소리로 보고하였다.

　그런데 과장님은 공사 도면을 보며 의아한 눈빛으로 나를 쳐다보며 물었다.

　"이 도면을 누가 만들었나?"

　나는 무척 긴장된 목소리로 대답했다.

　"제가 도면을 그렸습니다."

"정말 홍계장이 그린 것 맞나?"

믿기지 않는다는 표정으로 재차 확인했다. 나는 또다시 연필로 작성한 원본 도면을 보여 드리며 말했다.

"제가 직접 그렸습니다."

"그래? 정말이구나. 내가 홍계장을 잘못 알고 있었네."

이 일을 계기로 나에 대한 업무처리 능력이 단번에 인정받았다. 이후로 내가 시행하는 보고서에 대해서는 전격적으로 신뢰하고 신속하게 결재가 이루어지게 되었다. 나 또한 자신감 있게 업무를 수행할 수 있었다. 나 스스로도 새로운 업무를 시행함에 있어서 법 규정을 철저하게 숙지하며 직무를 수행하는 자세를 갖게 되었다.

아이들에겐 언제나
미안함뿐이지만

이용숙

"용숙씨, 내일 좀 나와 줄 수 있을까?"

첫아이를 낳고 20여일이 지난 12월 31일 밤 우체국에서 전화가 왔다. 새해 첫날 우체국에 나와 달라는 것이다. 첫아이 낳을 때 난산으로 몸도 성치 않고, 젖이 돌지 않아 퉁퉁 불어서 날마다 통증 속에 마사지를 하고 있는 중이었다.

월말 시재가 맞지 않는데 원인을 찾을 수가 없다고 했다. 당시 광화문우체국 환금계는 본부, 서울청, 한국통신 본사 등의 자금을 관리해서 급여 날이면 현금과 수표가 사무실 한 켠에 가득 쌓여 있었다. 금액이 크니 시재가 틀릴 때는 규모도 컸다. 종종 있는 일이기는 한데 100만 원 정도 차이가 나니 크게 놀란 모양이다.

"날씨도 추운데 네가 꼭 가야하는 거니?"

"택시 타고 금방 다녀올게요."

산후에 찬바람 들면 평생 간다는 시부모님의 걱정을 들으며 온몸을 에워싸고 출근을 해야만 했다.

당시 나는 환금계에서 예금·보험·환금·대체 등을 총괄

마감하는 담당이었다. 창구 담당자들이 시재가 안 맞는다고 할 때 원인을 찾기도 하고, 총괄 마감시 불부합이 발생하면 해결사 역할을 했다. 힘들었지만 중요한 일이기에 재미와 보람도 느끼고 있었다. 그 날은 다행히 현금이 모자란 것이 아니라 불부합 원인을 찾아 쉽게 마감을 끝낼 수 있었다.

"역시 전문가는 다르네. 고마워, 힘든데 나와 달라고 해서 미안하고."

"괜찮아요. 잘 맞아서 다행입니다."

말은 웃으며 했지만 몸이 아파하는 것은 어쩔 수 없었다. 그래도 티를 낼 수 없었다. 그래도 얼마나 다행인가? 조직에서 내가 그만큼 인정받고 있다는 것이 아닌가?

그 시절은 결혼해서 아기를 가지면 대부분이 퇴직하던 때였다. 겨우 2개월뿐인 출산휴가도 다 채우려면 눈치를 봐야 했다. 적어도 일주일은 먼저 출근하는 게 예의라고 했다. 2개월을 다 쉬고 나오면 자기 때문에 고생하는 동료들을 생각하지 않는 뻔뻔한 직원으로 몰리는 분위기였다.

"그만 두지, 보기 흉하게 배불러서 왜 다니지?"

"힘들면 그만 두는 게 낫지 않나? 다른 직원들 피해주는 데…."

한 언니는 환금계에서 근무하던 중에 임신중독증으로 병

원에 다니면서 힘들어했는데, 남편 직장이 불안정했음에도 직원들 뒷담화에 못 견뎌 그만둔 적도 있었다. 그 뒤로 장사하면서 어렵게 산다는 얘기를 들었을 때는 안타까운 마음이 오래도록 남았다.

나는 첫아이를 낳고도 환금계 필수요원이라는 말을 들으며 자금총괄 담당으로 3년여 더 근무하였다. 5년 넘게 한 부서에 붙잡아 두는 것은 그때나 지금이나 매우 드문 일이었다.

출산과 육아가 직장생활의 가장 큰 고비였던 시절, 그나마 나를 버티게 해 준 것은 필수요원이라는 자긍심과 일에 대한 열정, 그리고 약간의 뻔뻔함이 아니었던가 싶다. 비록 한창 엄마의 사랑을 필요로 했던 시절에 상대적으로 소홀히 대할 수밖에 없었던 아이들에게는 항상 미안함이 앞서지만, 그래도 일에서만큼은 최선을 다했기에 후회는 없다.

요즘 출산휴가나 육아휴직을 내는 후배들을 보면 괜히 내 고통이 해결된 것처럼 뿌듯함을 느낀다. 출산과 육아의 고통을 알기에 그들만이라도 우리가 걸었던 길보다 좀 더 편하고 아름다운 길을 걸을 수 있기를 기원할 뿐이다. 이 땅에서 출산과 육아, 직장생활을 병행해야 하는 모든 워킹맘들에게 아낌없는 찬사와 격려의 박수를 보낼 뿐이다.

이현숙

지금도 그때를 생각하면
흐뭇한 미소가

2001년 1월 충남 논산 연산우체국장으로 자리를 옮겼다. 그 당시 집배관서로 집배원 8명, 사무실 4명 총 12명이 근무하는 면단위 시골우체국이었다. 건물은 큰 도로에서 500미터 안쪽에 위치해 있고 좌측에는 오랜 세월 방치된 철물점이 쓰레기장처럼 널브러져 있었다. 직원들은 주차장이 없어 인근 공터를 찾아야 했고, 차량을 이용하는 고객의 불편도 이만저만이 아니었다.

발령 당일 저녁식사 자리에서 우리국의 현안에 대한 토의시간이 있었다. 아무도 의견을 내는 직원이 없기에 국장인 내가 조심스럽게 나섰다.

"철물점이 방치되고 있어서 환경이 안 좋은데, 왜 이렇게까지 됐는지 아시는 분이 계신가요?"

"원래 주인은 서울로 이사를 갔고, 지역주민이 빈 집에 철물점을 운영하다가 어렵게 되자 문을 닫으면서 10년이 넘도록 방치되고 있는 거죠."

오랫동안 근무한 집배원이 사연을 전해 주었다.

"그동안 우체국에서는 어떤 노력을 했었나요?"

나름대로 노력을 많이 했지만 철물점 주인은 철거하려면 비용이 많이 들고 철거해도 옮겨놓을 마땅한 장소가 없다고 차일피일 미루더니 지금은 연락마저 끊었다고 했다.

다음날, 나는 철물점 주인을 수소문했다. 다행히 예전에 우체국과 거래가 있었던 분이란 중요한 정보를 확보했다. 여기저기 연락해서 어렵게 연락처를 알아내고 만나자고 약속을 잡았다.

당시에는 집집마다 '우편 수취함 달기 운동' 붐이 일고 있었다. 먼저 집배원을 활용하여 연산지역의 우편 수취함 이용실태를 파악했다. 그런 후에 연산우체국장 명함을 갖고 이장단 협의회에 참석했다.

"우편함이 없는 가정에 우편물을 배달하려면 집 앞이나 마루 등에 놓아두어야 하는데, 바람에 날아가거나 개들이 물어가서 우편물이 훼손되어 많은 민원이 발생하고 있습니다. 그러니 '우편 수취함 달기 운동'에 협조해주셨으면 합니다."

그 당시 3,000세대 중에 약 50%인 1,500세대에 수취함이 없었다. 이런 사실을 알리며 협조를 구하자 그 자리에서 약 1,000세대가 신청을 했다. 100% 달성을 못한 것은 아쉽지만 소기의 목적은 달성했다.

그 당시 우편 수취함 구입가격이 개당 1만 원이었다. 농촌 지역에서는 결코 작은 돈이 아니었다. 나는 이 정도면 철물점 문제를 충분히 해결할 수 있겠다고 자신하며 철물점 주인을 만났다.

"우리 우체국에서 몇 개를 팔아드리면 될까요?"

"300개만 팔아주세요"

"300개요 너무 적지 않은가요? 1,000개를 팔아 드리겠습니다."

그러자 철물점 주인의 입 꼬리가 확 올라갔다.

"사장님께서도 도와주셔야 할 일이 있습니다. 폐가가 된 철물점 문제를 해결해 주셨으면 합니다."

잠시 고민하더니 바로 알았다고 하시기에 단김에 밀어붙여 1개월 안에 해달라고 했다. 그 무렵 면사무소에서 지역 내에 도로포장 공사가 있을 예정인데 우체국 진입로도 포장을 해준다고 했으니 꼭 기한을 지켜달라고 했다.

야호, 1982년 공무원시험 합격통지서를 받았을 때 다음으로 기뻤다. 철물점의 고질적인 문제는 이렇게 해결이 되었다.

이제 남은 것은 직원과 고객의 주차장 문제다. 장소는 우체국 담장 뒤 여유 공간을 활용하기로 했다. 면장님께 사전 협조를 요청해 놓은 상태였다. 우체국 앞 철물점을 철거하면 도로포장과 우체국 뒤 담장에 덮여있는 온갖 잡목을 제거하고 주차장을 만들어 주겠다고 약속했다.

1개월 후 철물점은 철거되고 우체국 앞 도로가 말끔하게 포장되었다. 우체국 담장 뒤는 깨끗한 주차장으로 탈바꿈하였다. 우체국을 이용하는 고객들은 새로운 우체국이 탄생했다고 칭찬이 자자했다.

더불어 우체국 이용고객이 늘어나고 사업실적도 전년대비 200% 성장하여 그 이듬해인 2002년도 6급 이하 관서 목표 사업평가도 108개관서 중 상위 10% 이내로 올라섰다.

지금도 그때의 열정과 성과를 생각하면 저절로 흐뭇한 미소가 피어오른다.

정옥자

우표수업의 미래를 위하여

매년 우정공무원교육원에서는 우표문화의 확산을 위한 사업의 일환으로 초등 4~6학년과 중등 학생들을 대상으로 청소년여름우표교실을 운영해왔다. 먼저 참가학생을 전국적으로 모집하기 위해 각 시·도교육청으로 문서를 발송했으나 시·도 교육청의 관심 부족과 오고 가는 길의 인솔, 청소년 학생들에 맞는 프로그램 편성 등의 문제로 어려움을 겪었다.

그래서 2018년 청소년 여름우표교실은 국립중앙청소년수련원과 컨소시엄 형태로 진행할 계획으로 1월부터 여러 번의 만남을 가졌다. 국립중앙청소년수련원의 권유로 '청소년 수련활동인증제'도 추진했다.

'청소년수련활동인증제'는 청소년활동진흥법 제35조에 근거하여 안전하고 유익한 청소년활동의 참여를 위해 일정 기준을 갖춘 프로그램에 대해 인증하고 인증된 수련활동에 참여한 청소년의 활동기록을 유지·관리·제공하는 국가인증제도다. 청소년 참가 인원이 150명 이상이거나 위험도가 높은 청소년 수련활동은 꼭 인증을 받도록 되어 있다. 청소년 여름우표교실은 120명의 청소년을 대상으로 안전한 활동을 하는 것으로, 의무적으로 받아야 하는 것은 아니다.

2018년 청소년여름우표교실 프로그램은 인성교육에 기반한 우표문화교육용 콘텐츠를 가지고 학교에서 직접 수업하고 있는 현직 선생님이 강사로 진행하는 시간과 국립중앙청소년 수련원의 전문 청소년활동지도사들이 진행하는 미션 협력 원정대 등으로 구성되었다.

우표수업의 정적이고 감성적인 프로그램 진행은 우리 교육원에서 맡았고, 꿈과 끼를 마음껏 표현할 수 있는 동적인 프로그램은 청소년수련원에서 맡았다.

참가자 모집은 각 시·도 교육청으로 문서를 발송하여 국립중앙청소년수련원과 컨소시엄 형태로 운영하는 점과 청소년수련활동인증 프로그램으로 많은 관심을 받아 수월하게 참가 청소년을 모집할 수 있었다. 오고 가는 길의 안전을 책임져야 하는 인솔 문제는 학부모가 인솔하도록 했고, 인솔자와 참가 청소년에 대한 여행자 보험을 들어서 쉽게 해결했다.

8월 15일부터 17일까지 2박 3일간 88명의 청소년이 참가하여 진행된 '2018 청소년 여름우표교실'은 인성교육에 기반 한 우표문화 교육용 콘텐츠의 밝은 미래를 다시 한번 확인하는 소중한 시간이었다.

여성가족부 소속 한국청소년활동진흥원 이광호 이사장님께서 직접 가지고 와서 우리 교육원 이영구 원장님께 수여한 청소년수련활동인증서 및 현판에 기재되어 있는 내용이다.

삼악산

최수경

정년 한 해 앞 둔 새 보금자리
칠전동우체국 뒷문 열고 내다 보면
언제라도 반갑게 얼굴 마주하는 삼악산
등선폭포 지나 절벽길 오르다 숨이 받쳐
멈춘 걸음 뒤를 본다
인생을 너무 높이 오른 것인가
멀리 걸어온 것인가
떡갈나무 사이 소롯길
동그란 눈 다람쥐 나를 보고 놀란다
넌 누구냐?
손에 든 도토리 또르르 발밑으로 구른다
돌려주려 돌아보니
꼬리를 내리깔고 멀뚱하다
세상 별 것 다 봤다는 듯
그래, 네 영역 어느 것 하나
손끝 하나 스치지 않고 돌아가마

너도 얼른 가라 친구들이 기다릴라

정상에서 풍광 한번 둘러보고

내려오는 길

저만치 뒤를 한번 돌아본다

아직 길은 멀지만

오늘 참 예쁜 날이다

감잎을 쓸며

김선희

우체국 옥상에는
떨어진 감과 감잎들이 많다.
옆집 감나무에서 떨어진 것인데
자주 쓸지 않으면
비올 때 물 내려가는 구멍이 막힌다

잠시 한가한 틈을 타서 옥상에 올라갔다.
할 일 없이 시간을 허비하는 것보다
감잎을 쓰는 것이 더 값진 일이리라

태풍에 떨어진 감잎들
부러진 가지들
삭삭 쓸어 포대에 담았다
내년 봄 화단에 뿌려주면
아마 꽃들이 더욱 잘 자라나리라

바람은 또 불 테고
감들과 감잎들이 떨어지겠지
가을이 깊어지면
많이 떨어져 수북이 쌓이겠지
그러면 난 또 빗자루를 들고 올라가
떨어진 잎들을 쓸어 담아야지

그는 어떻게
우체국 홍보맨이 되었나?

이현숙

1999년 1월 1일에 6급 승진과 함께 충남 부여 은산우체국장으로 발령을 받았다. 우체국은 집배관서로 집배원 5, 사무실은 국장포함 4, 총 9명으로 한 팀을 구성하기에 딱 좋은 인원이다.

우체국 앞 바로 맞은편에는 오토바이 수리점이 있었는데 집배원의 오토바이를 여기에 맡겨 수리했고, 수리비는 1개월 후에 정산하고 있었다. 그런데 당시 65세의 촌로인 오토바이 사장님은 총괄국인 부여우체국에 직원들이 불친절하다고 민원을 제기하는 식으로 직원들을 곤혹스럽게 했다. 당시 강화되기 시작한 CS교육을 고객의 입장에서 역이용한 행동이다. 직원들이 기피하는 분일 수밖에 없었다.

당시 우체국 2층에 관사가 있었지만 어린 남매의 양육을 위해 70Km 떨어진 집에서 출퇴근을 했다. 겨울에는 일찍 어두워지고 길이 미끄럽다 보니 퇴근시간보다 조금 일찍 사무실에서 나올 때가 있었다. 나는 이런 점을 십분 활용했다.

가끔 오토바이 사장님께 사무실을 잘 챙겨 달라며 부탁드리고 나오곤 했다. 그렇게 다음 날 출근하면 사장님은 먼저 나와 우체국을 둘러보면서 밤새 우체국 지키느라 잠을 설쳤다며 공치사를 했다. 내게는 그 모습이 영락없는 시골 촌로의 인간미가 느껴지는 모습이었다.

"고맙습니다. 사장님 덕분에 마음 놓고 출퇴근하고 있습니다."

평계를 만들어 감사한 마음의 표현을 했고, 점심식사를 대접하곤 했다. 좋은 구실로 식사를 하면서 지역의 돌아가는 이야기를 듣다 보니 유익한 정보도 많이 얻을 수 있어 좋았다.

그때부터 나는 사장님을 직원처럼 대하기 시작했다. 정월대보름에 직원들끼리 윷놀이를 할 때도 함께 하자고 했다. 여름철 물놀이 캠핑에도 꼭 함께 하자고 불렀다. 이렇게 함께하는 자리를 자주 만들다 보니 힘들어하던 직원들도 자연스레 친밀감을 갖게 되었다.

그러자 갖은 민원으로 직원들을 힘들게 하던 사장님이 우체국을 홍보하는 홍보맨 역할을 자처해 주었다.

그 당시 39살, 은산면에 최초로 젊은 여자 기관장으로 근무하던 시절의 이야기다.

지역 관내의 대부분 행사에는 기관장을 초대한다. 이때 중요하게 작용하는 힘은 지역민과의 유대관계다. 지역민을 업무로만 대하지 않고 더불어 사는 이웃으로 생각하고, 평소에 친밀한 관계를 잘 유지해 놓는 것은 매우 중요하다.

평소에 관계를 잘 유지해 놓으니 '우체통 달기 운동', '보장성 보험 증강기간', '예금 증강기간' 등 우체국 현안사업이 있을 때마다 각 기관장들에게 알리고 협조를 요청했다. 그러면 적극적으로 도와주는 분들이 많아 실적이 눈에 띄게 올라가곤 했다.

20여년이 지난 지금도 은산면장님과 오토바이 사장님은 여전히 나의 든든한 고객 분들이시다.

강지원

작은 음악회, 어떤가요?

'어떻게 하면 직원들이 기분 좋게 하루를 시작할 수 있을
까?'

우체국마다 아침시간에 CS(고객만족) 교육을 한다. 그런
데 CS교육 시간마다 고민이 따른다. 요가, 필라테스, 밸런
스워킹, 칭찬글 적어보기, 목표공유, 카드로 마음 알아보기
등. 직원들이 아침에 밝게 웃으며 시작할 수 있는 프로그램
을 만들려고 머리를 쥐어짜야 한다.

어느 날, 카드에 적힌 단어로 연상되는 것을 애기하는 시
간을 가졌다. 이야기 중 한 직원이 2년 전에 기타를 배웠다
고 한다.

"OO대리님! 혹시 CS시간에 기타 연주 좀 들려 줄 수 있
나요? 대리님 기타 소리를 듣고 시작하면 하루가 행복할 것
같은데…."

약간은 곤란해 하는 표정이었지만 긍정적인 답을 들었다.

"당장은 어렵고 연습해서 한 달 뒤에 꼭 해 보겠습니다."

1개월이 흘렀다. 부담스러울까 봐 먼저 이야기하지 않았

다. CS시간이 다 돼가니 창구에 기타와 부대준비물을 설치하고 있었다.

"안 잊어버렸네. 너무 부담준 거 아닌가?"

"뭐, 잘하지는 못하지만 이거쯤이야 괜찮습니다."

준비를 하는 동안 직원들이 신기해하며 다른 날보다 일찍 기타 연주를 들을 준비를 하고 있었다. 연주를 한다는 소문이 금세 퍼져서 다른 과에 있는 직원도 참석했다. 모두가 갖추어진 멋진 무대는 아니었지만 새로운 것을 시도하고, 또 함께 일하는 직원의 작은 공연이라 더 즐거워하는 표정이었다. 실수를 할수록 더 큰 박수소리가 나왔다. 20분이라는 짧은 시간의 행복을 공유할 수 있었다.

CS의 핵심은 고객만족이다. 중요한 것은 외부고객보다 내부고객인 직원들의 만족이 우선이어야 한다. 창구에서 고객을 맞는 것은 연기가 아니다. 아무리 CS응대 매뉴얼대로 따라 하려고 해도 내부고객이 만족하지 못한 상태라면 그 기분이 표정이나 어투로 묻어난다.

"고객님, 사랑합니다."

앵무새처럼 들려오는 친절한 응대멘트에 불편함을 느낀다는 외부고객의 불만이 들리는 이유도 여기에 있다. CS에서는 멘트 못지않게 내부고객의 진심이 중요한 역할을 한다. 진심을 담으려면 직장에서의 만족도가 높아야 한다. 그래서 최고의 CS는 내부고객의 만족도를 높이는 것이라는 말도 있다.

우리가 나아가야 할 길은 '작은 음악회' 같은 모습이 아닐까 생각해본다. 자신의 장기를 직장동료 앞에 선보이고, 그 자리를 통해 사소한 실수를 감싸주면서 박수로 위로와 격려를 보내주는 따뜻한 동료 간의 사랑을 확인하게 된다면….

그러면 내부고객 만족도는 높아지고, 최고의 CS교육효과를 얻을 수 있지 않을까?

"작은 음악회 어떤까요?"

꽃잎에 쓴 편지

아주 먼 곳의 그대를 보고
그만큼 먼 곳의 그대를 듣고
때로는 그대를 느끼며
쓸쓸한 비 내려 울적한 날
찻집에 홀로 그대 그립니다
차 한 잔에 꽃잎 띄우고
그리워하는 마음
그대 아시나요

가끔은 먼 산을 보고
더러는 하늘을 바라볼 때면
바람소리 따라
그대가 들립니다

찻집 아래 호수에 그대
손짓 닮은 반짝이는 물비늘

떠돌던 구름 한 점 호수에 내리고
한 줌 바람 갈대숲에 숨어 웁니다

노을이 서쪽 하늘 물들일 때
어둠은 우두커니 곁으로 다가서고
저녁을 마중하는 시간
차 한 잔에 띄워놓은 꽃잎
살며시 불어 봅니다

어디론가 떠나야 할 시간
그리움인지 외로움인지
보이지 않는 바람 무심히 스쳐가고
의미 없는 헛기침과
꽃잎만 남은 찻잔을 내려봅니다

알잖아요 내 마음

도전정신은
트라우마까지 취미로!

이현숙

2개월간 갈고 닦은 연습으로 드디어 물에 뜨게 되었다. 하지만 물에 떠서 겨우 수영장 바닥을 바라보는 수준이어서 강사가 가르쳐 준 "음~파!" 숨쉬기와 발차기는 실전에서 제대로 써먹지 못하고 있었다. 조금만 더 일찍 젊어서 배울 걸 하는 아쉬움도 있지만 배움이란 죽을 때까지라는 말을 떠올리며 용기를 내본다.

지금까지 운동이란 운동은 수도 없이 다양하게 즐겨왔다. 요가, 헬스, 검도, 테니스, 마라톤, 등산, 볼링, 탁구, 골프 등등. 그런데 수영만은 엄두를 내지 못했다. 거기엔 다 그만한 이유가 있었다.

내가 태어난 마을 한가운데는 큰 빨래터가 있었다. 뜨거운 여름 날, 엄마를 따라 빨래터에 가서 바가지로 물을 뜬다고 엎드렸다가 그만 물에 빠졌다고 한다. 빨간 바가지를 꼭 쥐고 물위에 동동 떠 있는 나를 구하기 위해 엄마는 빨래를 마치고 돌아가는 아주머니를 긴급히 불렀고, 손띠를 만들어 물속에서 허우적거리는 나를 겨우 구해주셨다고 한다. 그때 내 나이 5살 때라고 했다.

그동안 내게는 많은 일이 있었다. 1999년 1월 6급 주사 승진 후 19년 만인 2018년에 공무원의 꽃인 사무관으로 승진했다. 5급 사무관으로 부산지방우정청으로 발령을 받아 부산연제우체국 우편물류과장이 되었다.

물설고 낯선 부산이지만 첫인상은 깨끗하고 순수했다. 물류실장의 도움으로 우체국에서 약 20킬로미터 떨어져 있는 관사에 도착했다. 건물은 지어진 지 30여년이 되었지만, 14평으로 혼자 지내기에는 훌륭하다.

인생은 매 순간이 도전이다. 부산으로의 발령은 내게 또 다른 도전이다. 그래서 이왕 하는 김에 의욕을 갖고 해보자고 다짐하며 어린 시절 트라우마를 극복하기 위해 수영을 배워보기로 했다. 이제 수영은 단순한 운동이 아니라 내 생에 도전정신을 일깨우는 극복해야 할 대상이다.

"불가능은 없다."

"모든 것은 마음먹기 나름이다."

전 세계 여러분께
외칩니다!

김미화

"대한민국 국민 여러분! 우편물 보내실 때 주소 정확히 써서 보내주세요!"

2017년에 라디오 방송에 짧은 사연을 보내고, DJ에게 크게 외쳐 달라 부탁했더니 진짜 방송에 나왔다. 그 말을 들으면서 내 속의 체증이 확 내려앉는 느낌이었다. 전 국민을 상대로 내가 꼭 하고 싶었던 말을 DJ의 입을 통해서 했다는 것이 큰 쾌감으로 다가온 것이다.

나는 전 세계 우편물을 구분하는 사람으로서 보내는 분들의 마음과 기쁘게 받으시는 분들의 행복한 전달자이고 싶다. 하지만 국제우편물을 구분하다 보면 뜻대로 안 될 때가 있어 오죽하면 방송에 사연을 보내고, 그 방송을 들으며 쾌재까지 불렀겠는가?

국제우편물 주소는 영문이나 도착 국가의 언어로 써야 한다. 같은 국가라도 교환국이 틀리면 속주소까지 다 읽고 구분해야 하는 나라들이 있다. 일본은 특급우편물일 경우 TYO OSA FUK CHU OKA로 구분되는데 영문이나 한자가 아닌 히라가나나 가타카나로 써오면 빨리 구분하기가 어렵다. 덕분에 중요 도시 히라가나 가타카나를 바로 읽도록 공부도 했지만, 이런 것은 보내는 이가 배려해주는 것이 더 빠르다.

중국 주소는 한문을 흘림체 간자체 번자체 등으로 다양하게 써오는데 판독이 불가능한 경우가 많다. 중국은 교환국별 SHA PEK SHE YNT CGQ YNJ TAO로 구분하는데 속주소까지 정확하게 읽고 구분해야 한다.

신속 정확하게 구분 발송되어야 할 우편물이 불분명한 주소로 늦게 발송되거나, 잘못 발송되거나, 반송할 경우가 생겨 안타까울 때가 많다. 우리도 열심히 하고 있지만, 보내는 이들이 좀더 세밀한 신경을 써주었으면 하는 바람이다.

아울러 우편물을 보낼 때는 정확한 주소를 쓰는 것도 중요하지만, 그 못지않게 포장도 잘 해야 한다. 우편물을 취급하다 보면 탈락품이 생길 때가 있다. 대부분 포장이 부실해서 생긴다.

탈락품이 생기면 사진을 찍고 자세한 설명과 함께 일정 기간 공지해서 최대한 주인을 찾아 발송하지만 그렇지 못할 경우는 매각을 한다.

김장철이면 어머님들이 김치를 정성껏 포장해서 외국에 있는 아들딸들에게 비싼 우편료 지불하고 발송한다. 이때 염두에 둬야 할 게 있다.

일본이나 중국은 포장만 튼튼하면 문제없이 배달되지만 포장이 부실하면 운송 중에 터져 직시 폐기되는 경우가 있다. 꼭 철제 포장을 해서 터지지 않도록 만전을 기해야 한다.

유럽 지역은 김치 반입이 안 되는데 간혹 보내는 경우가 있다. 운이 좋아 상대국 통관에 안 걸리면 배달될 때도 있지만 대부분 걸려서 직시 폐기되기에 복불복에 기대를 거는 게 아니라면 가급적 김치는 보내지 않는 것이 좋다.

간혹 외국에서 우리나라로 도착되는 우편물 중에 주소는 없고 수취인의 핸드폰 번호만 적혀 있는 경우가 있다. 수취인에게 전화를 해서 주소를 물어보면 외국인 노동자라 우리 말도 못하고 주소도 모른다. 그나마 그 사람 곁에 한국 사람이 있으면 도움을 받아 주소를 확인해 보내드리지만, 그렇게라도 도움을 받을 수 없으면 반송할 수밖에 없어 안타까울 때도 있다.

요즘은 또 한번 방송을 통해 하고 싶은 말이 생겨 근질근질하다. 그때는 대한민국 국민만을 상대로 했는데, 이제는 전 세계인을 상대로 해야 할 말이 꼭 생겼기 때문이다. 꼭 방송에 나온다는 보장이 없어 이번에는 이 자리를 통해 큰 소리로 외쳐본다. 독자님들이 더 많은 이들에게 전해 줄 것이라 믿으며!

"전 세계 여러분! 우편물을 보내실 때 주소 정확히 써주시고, 포장도 확실하게 해주세요! 그렇지 않으면 여러분이 손해를 봐서 제 속이 상할 때가 너무 많답니다. 정확한 주소와 확실한 포장을 꼭 부탁드립니다. 알았죠? 여러분!"

내 마음의 영원한 멘토

5부

롤플레잉

강지원

올해부터 KPCSI가 경영평가에 빠지는 대신 본부에서 총괄우체국에 CS현장 컨설팅을 한다. 우리 우체국에 오기 전 우정공무원교육원에서 연락이 왔다.

"실장님! 이번 CS현장 컨설팅할 때 롤플레잉을 좀 해주시면 안 될까요?"

"예? 롤플레잉요? 왜…?"

"남울산우체국에 현장 컨설팅 중 롤플레잉을 했는데 아마 본부에서 고객만족 교육에서 괜찮다는 평을 받았나 봅니다."

그리고 롤플레잉이 CS교육에 효과가 있는 것으로 판단되었다고 한다. 본부에서 남울산우체국에서 어떻게 롤플레잉을 했는지 물어보니, '부산진에서 하는 것 보고 했다.' 고 한다고 한다.

"예, 알겠습니다."

일단 대답은 했는데, 우리끼리 하는 것도 아니고 본부 경영기획실장님이 참석하신다고 하는데 역할연기를 할 직원이 선뜻 나서 줄지 걱정이었다.

일단은 직원들에게 상황을 설명하고, 근무시간을 고려하여 할 수 있는 직원들을 선택해서 부탁했다.

"혹시 역할연기를 해 주면 안 될까요?"

"네."

3명이 필요했다. 모두 한 번의 거절도 없이 수락했다. 연습할 시간이 얼마 없어서 걱정이 됐다.

D-day가 왔다.

본부 경영기획실장님을 비롯한 우정공무원교육원 원장님, 센터장님, 부산체신청 책임자 및 담당자 등 여러분이 오셨다. 연습할 때보다 실제 많은 분들이 오셨을 때 직원들의 역할연기 실력이 훨씬 좋았다.

'고객과 직원간의 갈등'과 그것을 해결하면서 '직원과 간부직 간의 갈등요소'를 어떻게 풀어 가는지에 대한 시나리오로 진행됐다.

역할연기를 보면서 실제 고객과의 응대 중 어려운 상황도 읽을 수 있었고, 간부직 간의 갈등요소를 해결하기 위한 상황극을 보면서 '충분히 그럴 수 있겠구나.' 서로의 상황과 입장을 공감하는 시간을 가질 수 있었다.

역할연기를 하는 것은 쉽지 않지만, CS 교육에 큰 효과가 있다는 것은 분명했다. 역할연기를 끝낸 직원들이 힘은 들었지만 대리만족을 하면서 괜찮다는 의견이었다. 즐겁고 유익한 시간이었다.

진안우체국

박주용

용비늘 반짝이는 물 맑고 인심 좋은 진안 우체국
아득한 세월이 구름처럼 흘러가듯
한 세월을 우체국에 내어주고
하늘의 뜻을 헤아리는 나이
무던히 흔들리고 출렁거리며 살아온 날들
송이 눈 소복이 쌓인 소롯길을 지나면서도
그리움의 편지 한 장 소포 하나를
기다리는 소년의 마음

그 한 길에
사랑하는 가족이
잘 익은 홍시처럼 기쁨을 주는
진안우체국

박주용

어머니! 우리 어머니!

토닥토닥! 밤새 비가 내린다.

오늘 따라 개구리 울음 소리가 유난히도 목청껏 합창을 한다.

어머니의 목마름일까? 불효자의 애처로움일까?

오늘은 한동안 뜸했던 어머니가 계시는 전주의 요양병원을 찾았다. 어머니가 평소 좋아하시는 과일이며 음료, 전복 죽을 잔뜩 사들고는 큰아들이 이제 우체국을 퇴직했으니 알려 드려야 했다.

"아니, 야가 누구여? 아이구! 야이, 우리 큰아들 왔네!"

병실에 들어서자마자 어머니는 반가워 하신다. 갑자기 병실이 소란해졌다. 옆에 있던 요양보호사께서도 반갑게 한 마디 거든다.

"어머니! 이 사람이 누구여?"

"누군 누구여? 우리 아들이지."

어머니는 퉁명스럽게 당신만 아들이 있는냥 쏘아 붙인다.
옆에 있는 내가 민망했다.

7년 전부터 무주에서 치매를 앓는 어머니께서 더 이상 혼
자 집에 계시는 것이 무서웠다. 가족회의 끝에 하는 수 없이
요양원으로 모시기로 했다. 자식들로서는 불효막심하지만
별다른 방법이 없었다.

이제 드디어 어머니에게 고백해야 할 시간….

"엄마! 엄마!"

"왜 그라?"

"저, 이제 우체국 퇴직했어요! 우체국 안 나가도 돼요! 엄
마! 이젠 엄마가 계신 병원에 자주 올게요."

조용히 말했다. 87세이신 어머니는 이제 귀도 어두워져서
잘 못 알아 들어 또 한번 반복해야 했다.

"엄마! 저 이제 우체국 퇴직했다구요. 우체국에 이젠 안
가도 돼요!"

"뭐라고? 아이고, 니가 벌써 퇴직했다고?"

어머니는 이내 말끝을 흐리시더니, 갑자기 눈꺼풀을 스르르 내려 앉힌다. 내 눈의 빗방울 같은 눈물이 얼굴을 적신다.

한동안 어머니랑 회한의 눈물을 흘렸다. 어머니는 지금까지 큰아들이 우체국에 다니고 있다고 대견스러워 했는데 퇴직을 한다니, 우체국에 안 가도 된다는 말에, 어머니는 억장이 무너지는 듯한 표정을 짓고, 나는 또 뜨거운 눈물을 흘려야 했다.

30년이란 세월이 도둑을 맞은 기분이었다. 어렸을 때 잔병치레가 많았던 터라 어머니의 정이 더욱 그리웠을까? 한겨울에 조금만 아파도 눈이 와도 어머니는 나를 포대기에 싸서 등에 업고 십 리나 되는 마을 할머니께 치료를 다녔다고 했다. 동네 할머니들이 나를 만날 때마다 입버릇처럼 말해 주었다. 그런 말을 들을 때마다 나는 어머니에게 묻곤 했다.

"엄마, 그때는 왜 그러셨어요?"

"왜 그랴? 그때는 겁도 나고 무서웠지. 우리 아들이 혹여

나 어떻게 될 줄 알고 눈에 보이는 거 없이 쫓아 다녔지!"

그러던 어머니가 이제 하루가 다르게 몸이 약해 지셨다. 몸만큼 마음도 힘이 없어 보인다. 십 리나 되는 길을 업고 뛰었다는 어머니의 모습이라고 믿기 어렵다. 그래서 더욱 불효자의 마음이 무거워 진다.

지금도 빗소리는 개구리 울음과 함께 사납게 합창을 한다. 아, 어머니! 우리 어머니!
"쏴아! 쏴아! 개굴! 개굴!"

어머니의 운명

박주용

유난히 무더웠던 2018년 7월, 어머니란 하늘의 큰 별이 떨어졌다. 우리는 한순간에 어머니의 운명을 맞아야 했고, 아름다운 꽃 한 송이를 세월 속에 묻어야 했다.

23년 전에 돌아가신 아버지와 어머니를 조그만 비문에 새겼다. 한밭에서 나온 이순의 아들부터 두 돌 지난 증손녀까지 12명의 이름을 새겨놓고 영원한 안식처로 부모님의 새로운 집을 지어드렸다.

아무리 목을 놓아 부르고 또 불러도 소리없는 메아리는 허공만 맴돌다 눈물로 돌아온다. 이제 어머니의 인자하신 모습과 사랑과 은혜는 어디에서도 찾아 볼 수가 없다. 불러도 대답 없는 어머니의 목소리는 어디에서 들어야 할까?

우리는 어머니의 그 엄청난 사랑의 울타리 속에서 너무나 행복한 삶을 살아 왔다. 이제야 그 행복을 마음껏 나누고, 마음껏 누리고, 마음껏 보여주고 싶었는데….

이젠 부디 꽃보다 아름다운 모습으로, 나비처럼 훨훨 날아서 그동안 못다한 여행길 후회없이 마음껏 누리세요. 늘 건강한 모습으로 자식들이 예쁘게 지어준 꽃집에서 아버지의 두 손 꼬옥 잡고 영원히 즐거운 행복열차를 타고 계세요.

그리하여 먼 훗날, 우리 가족이 이승에서 저승까지 함께 탑승할 때 행복을 노래하며 웃으며 살아가요. 이제 눈물 한 방울 흘리지 마시고, 다시 만날 때 환한 웃음으로 함께 해요.

김유정우체국장입니다

최수경

그대의 집 앞을 수없이 지나쳤어도 볼 수는 없었습니다.
동백이 지천이던 봄에도
까치 한 무리가 울어대던 아침에도
수많은 사람이 당신을 불렀지만
이때나 저때나 당신은 여전히 침묵입니다
무엇이 그리 급해서
눈길 한번 주지 않고
청춘 같은 봄날에 떠나셨는지

우체국 울타리에 제비라도 날아오면
그 편에 그리운 소식이라도 전해주세요
그러면 나는
당신이 그리도 좋아했던
노오란 동백꽃 한 아름 안아 들고
김유정우체국 창가에서 반갑게 맞으렵니다

김유정우체국에서
보내는 답장

최수경

그대가 잘 있다니

나도 괜찮습니다

그리움 정도야 내게는 호사겠지요

그렇지만

그대가 참 보고 싶습니다

오늘처럼 창밖에 비가 오는 날이면

더욱 더

먼 훗날까지 그리움으로 남더라도

내 기억 속에서만 남아 주시길

어느 새 새벽입니다

아직도 잠 못 드는….

박주용

33년의 우체국 생활을
마무리하며

　오직 우체국을 마케팅하며 살아온 33년 세월이 이제 정년
을 맞았다.

　'일체유심조', 세상사 모든 일은 마음먹기에 달려 있다. 어
차피 하는 일, 미치도록 마케팅에 전념하다 보니 안 되는 일
이 없었다. 여기 그동안 기억에 남는 몇 가지를 정리해 본다.

　먼저 전국 최초로 진안군과 우체국, 다문화센터와의 협약
을 통해 한국에 거주하는 외국인 결혼이주 여성에게 국제
운송비를 지원하여, 추석과 설 명절에 한국의 정(선물) 보내
기 행사를 제안해서 성사시켰다. 전국적으로 큰 호응을 얻어
지금까지 계속 시행이 되고 있다.

　우체국 택배를 이용한 전북지역 달팽이 장터 오픈 마켓에
진안군 농특산물 팔아주기 운동을 전개했다. 우체국의 상품
개발 및 농어촌 생산농가의 판로개척에 효자 노릇을 했다.

　진안군과 협약하여 진안의 마이돈 테마공원의 컨셉에 맞

게 1년 후에 소식을 전해주는, 다산을 상징하는 느린 황금 돼지 모형의 우체통을 제작했다. 지금도 진안 마이산을 찾는 관광객들에게 또 하나의 즐거운 추억 거리를 제공하고 있다.

전북도민기자로 활동하면서 전북지역 삶의 현장을 발로 뛰며 취재보도를 했다. 보도자료를 통해 진안군 행사 및 우체국 사업홍보에 알림이 역할을 톡톡히 했다.

진안군 아이디어 뱅크 공모 사업에 마이산과 인삼의 고장의 사계절을 중심으로 8경 8품 8미의 대표적인 내용을 한 장의 우표로 담았다. 진안관광의 예술·문화를 한눈에 접할 수 있도록 한글과 영문으로 '나만의 우표'를 제작하여 우수 제안상을 수상했다.

우체국 '행복나눔 봉사단' 활동으로 '봉사와 나눔', 더불어 잘 사는 지역행복 사업의 일환으로 소외계층을 찾아 집 수리 및 생필품 전달, 도배 등 맞춤형 봉사활동으로 지역사회에서 우체국 공익사업을 실천했다.

11년의 노조활동을 통하여, 많은 단체협약과 조합원들의 희로애락을 함께하며 지내온 33년의 세월이 주마등처럼 스쳐 지나간다.

나의 퇴직을 자축하는 글   박주용

정말,

꿈 같은 나의 삶이

화살처럼 지나간 세월이다.

내 나이 쉰 하고도 하나

쉼없이 달려온 긴 세월!

참, 잘살아 왔다고

자축을 해야 할까?

이제 와 남들에게 자랑할 만한 게 없지만,

살아온 인생이 뭔지

아직도 모든 게 미완성이다.

뒤돌아 보면

퇴임 사흘 강천산

박주용

모든 것 비우고,
그래서 또 채우기 위해
오늘은 잔뜩 찌푸린
강천산을 찾았다

귀한 손님인양
오늘은 여름 매미들이
합창 대회로 맞는 날인가?
목청이 찢어져라
온 산을 울리며 반긴다

파전에 막걸리 한잔
부러울 게 없건마는
자꾸만 허전한 맘은
귀한 빨간 우체통의
그리움일까?

시원한 계곡물에
발이라도 담그고픈
나는 이제
자연인!

김미화

글쓰기의 설렘이 주는
생의 활력

　평소 책 읽기를 좋아했었다. 책의 좋은 내용들을 정리하다 보니 내 마음 깊은 곳에 있는 내 얘기를 써보고 싶었다. 욕심이 생겨 한 편 한 편 써보고 지인에게 보여주었다.

　"어때?"

　"글 솜씨 있네."

　"잘 쓰네. 한 번 써 봐."

　스스로 위안을 삼기만 하다 <나만의 책 쓰기> 교육과정을 신청했다.

　마음이 뛰고 설레어 좋았다. 나만의 아픔을 글로 쓰고 싶었다. 진심을 담아 과장님께 편지를 썼다. 답장이 왔다. 흔쾌히 승낙하시며 꿈을 응원하는 메시지였다. 기뻤다.

　처음으로 특별한 글쓰기를 배웠다. 상처를 안고 있으면 응어리와 트라우마가 되어 괴로움에 빠지지만, 그것을 글로 잘 풀어 놓으면 오히려 소통이 되고 힐링이 된다는 '소통과 힐링의 글쓰기'의 참맛을 느끼고 있다. 하나둘 이야기를 풀어낼 때마다 마음의 응어리가 풀리며, 마음 속 깊은 곳에서 기쁨이 용솟음치는 것을 느끼곤 한다.

이제 시작이다. 괜한 상처와 슬픔에 떨고 있는 나를 만날 때가 많다.

"괜찮아. 잘 해왔어! 모두 잘 될 거야."

그때마다 위로하며 격려받고 있다. 글쓰기를 배우며 남이 쓴 글이 새롭게 다가온다. 아, 이 사람도 이렇게 아픈 이야기를 이런 식으로 풀어냈구나. 엄청난 용기가 필요했겠구나. 동병상련할 때가 많다.

내 글도 누군가에게 동병상련의 위안을 주고 있다는 것을 느끼다 보니 내면의 치유가 되는 것을 느낀다. 답답했던 가슴이 풀리는 것 같다.

마음 속 깊이 꽁꽁 숨겨왔던 꿈을 풀어놓는 일들이 마치 애인을 만나러 가는 것처럼 설레어 좋다. 가슴에 품고 있으면 아픔이지만 풀어 놓고 보니 모두의 위안이자 응원이 되는 상처보따리를 하나둘 풀어나가는 설렘이 좋다.

이용숙

서울내기 다마내기
맛좋은 고래고기

"서울내기 다마내기♪ 맛좋은 고래고기~♬"

연년생 오빠와 동생들의 육아가 힘든 어머니는 초등학교 입학 전까지 나를 남해 외갓집에 맡겼다. 그때 서울에서 온 나를 보고 마을 아이들이 서울깍쟁이라는 말과 함께 놀리듯이 불렀던 노래다. 하지만 나는 서울 생활에 대해 이것저것 묻기도 하고, 높낮이가 없는 표준말을 따라하는 아이들에게 오히려 정겨움을 느꼈다.

외갓집에는 선주이신 외삼촌을 타지로 분가시킨 외조부모님과 노할머니, 아직 미혼인 막내 이모님이 살고 계셨다. 아이는 나뿐이기에 나는 어른들의 사랑을 듬뿍 받을 수 있었다.

그곳 바닷가에서 굴도 따먹고, 쌀을 깡통에 담아 튀겨 먹기도 하고, 방파제를 타고 놀기도 했으며 외사촌을 따라 산에 가서 자그마한 어린이용 지게에 나뭇잎을 긁어 모아오기도 했다.

"많이 모아왔네. 내 새끼~"

외할머니가 엉덩이를 두드리며 칭찬해 주시면 괜히 어깨가 으쓱했다.

외갓집에서 나는 부모님을 그리워할 틈이 없었다. 서울에서 5형제가 북적거리는 집과 달리 외갓집에서는 내 세상이었다. 오히려 초등학교 입학을 위해 서울 본가로 왔지만 방학만 되면 늘 우리 집에 간다며 손가락을 헤고 있었다.

"몇 밤 자면 집에 갈 수 있어요?"

"이거 할머니랑 이모 가져다 드릴 거야."

서울에서 가져가면 좋을 것 같은 것을 한 곳에 모아놓고 외갓집에 갈 날만 기다렸다. 서울은 학교에 다니기 위해 잠시 온 곳 정도로 여긴 것이다.

어머니는 삶은 계란을 싸주시며 기차역까지 바래다주셨다. 어린애 혼자 가는 게 불안하셨으리라. 13시간 넘게 기차와 버스를 타고, 심한 멀미에 먹은 것 다 토해가며 외가에 도착하면 3일간은 누워서 지냈다. 지금도 멀미와 삶은 계란은 내게 씻을 수 없는 트라우마로 남아 있다.

"칫, 할머니 할아버지는 언니만 예뻐하고..."

언젠가 같이 내려갔을 때 동생은 외가에서는 언니만 예뻐

한다고 울고불고 한 적이 있었다. 내가 생각해도 내게만 과한 애정표현을 하시는데 동생한테 조금 미안했다.

항상 "숙아, 숙아, 우리 숙아!"만 들리는 외갓집이었다. 그 정겨운 이름에 지금도 컴퓨터에 쓰는 아이디는 항상 'suka'이다.

당시 보건소에 근무하시는 막내이모는 엄마 이상으로 사랑을 주셨다. 이모가 결혼하고 아이를 낳았을 때는 엄마를 잃은 것처럼 슬퍼서 혼자 많이 울었다는 것을 이모는 모르시리라. 이모에겐 늘 감사할 따름이다. 인간의 기억력은 감정이 작용했을 때 즉, 슬프거나 두렵거나 행복했던 감정들이 함께 했을 때 더 잘 기억된다고 한다.

외가에서의 생활은 늘 즐겁고 행복했던 기억들만 있다. 지금까지도 서울 집에서의 추억보다 외갓집에서의 추억이 더욱 생생하고 기억에 남는 것은 그만큼 행복감이 충만하였기 때문이리라.

"서울내기 다마내기♪ 맛좋은 고래고기~♬"
처음에는 서울깍쟁이라는 말과 이 노랫말의 뜻을 몰랐다.

알고 보니 6.25전쟁 때 부산 등지로 피란 온 서울 사람들이
당시 유일한 단백질 공급원인 남해의 고래고기를 살 때 가
격을 너무 깎아서 서울깍쟁이라 했고, '다마내기'는 양파의
일본말로 양파를 깔 때 나오는 눈물을 피란생활의 고단함에
비유한 것이라고 한다. 내가 살던 마을에만 있는 노래인 줄
알았는데 부산 등지에서 전파된 사연 있는 노랫말이었다.

나는 서울이 고향인 형제자매들과 달리 지금껏 남해를 고
향으로 여기고 살아왔다. 외갓집 대청마루에서 바라보았던
바다를 늘 그리워했다. 어디에서건 바다 내음만 맡아도 설렘
이 가득 했다. 어린 시절, 아름다운 추억이 케케이 쌓여있기
때문이리라. 서울에서만 살았던 형자매와 다르게 나만이 간
직한 아름다운 추억이다.

수고했다

최수경

33년 한 직장
나는 그 매정한 시간들을
한 순간도 거스르지 못했다
그런 세월이
이제는 더 이상 어쩌지 못하고
나를 놓아 주었다

오늘
낯설게 다가온 아침
처음으로 묻는다
나에게
지금껏 너는 누구였고
또 무엇이었냐

나는 이제야
아무것도 해주지 못했던 나에게
무엇을 해주기 위해 손을 내밀었다
참 수고했다

내 마음의 영원한 멘토

"언니, 시재가 안 맞아요?"

"아니, 그냥 OO이가 아직 안 끝나서 증거서류 한번 봐 주는 거야."

첫 발령지인 국제우체국에서 광화문우체국으로 전근하여 환금계 금융창구에서 근무할 때였다. 본인의 창구업무가 마감되고도 늘 증거서류들을 검토하고 주산도 놓곤 하는 고참인 언니가 있었다. 언제나 마감을 못한 동료 직원들의 서류를 확인하며 마지막 한사람 끝날 때까지 도와주고 있었던 것이다.

"언니, 고마워요. 덕분에 일찍 끝냈어요."

"언니가 도와줘서 항상 든든해요."

언니는 한 번도 생색내는 일이 없었다. 언니는 늘 한결같은 모습이었다. 당연히 직장에서는 누구나 다 언니를 좋아하고 따랐다.

'다른 사람을 도울 땐 조용히, 말없이!'

'주어진 일에 최선을 다하고 도움이 되는 사람이 되자.'

'남을 도울 때마다 저축한다 생각하자.'

나도 항상 언니를 존경스런 마음으로 바라보았다. 성공한 사람들은 사방에서 멘토를 찾는다고 한다. 또한 실패한 사람에게서도 배울 점을 찾는다고 하는데 그런 점에서 내가 입사 초기에 언니처럼 따라 배울 게 많은 사람을 만난 것은 정말 큰 행운이다. 애써 따라 배우지 않아도 저절로 따라 배운 것이 많았기 때문이다.

어느덧 나의 우체국 생활도 36년이 되어간다. 지금은 고참이 되어 직원들에게 협업의 동기부여를 할 때마다 언니의 이야기를 들려주곤 한다.

나도 언니처럼 동료들에게 좋은 영향을 주는 사람이 되기 위해 노력해 왔다. 내가 언니를 생각하는 것처럼 누군가도 나를 생각해 줄 것이란 믿음으로 살아왔다. 나를 언니처럼 생각해주는 이들은 과연 얼마나 될까?

어느 날 갑자기 언니가 퇴직을 하는 바람에 함께 한 시간은 많지 않았지만 지금도 말없이 주산을 놓으며 동료를 돕던 모습이 눈에 선하다.

언니는 지금의 내가 있게 만든 내 마음의 영원한 첫 멘토였다.

딩동! '어마다!'

이용숙

'어마다어디즈오고잇나?'

"엄마다. 어디쯤 오고 있니?"

83세이신 어머님께서 지난해 큰딸에게 배워 처음 보내오신 문자다. 핸드폰은 걸고 받는 것만 하시던 어머님께서 지금은 며느리에게 필요하실 때마다 보내신다.

올 때 장 봐 와라, 홈쇼핑을 보다가 주문 좀 해줘라 등등.

그 연세에 아직도 총총하셔서 나보다 기억력도 좋으신 어머님이시다. 문자를 볼 때마다 웃음이 나와 입가에 미소가 지어진다.

'어마다양파주문할렛.'

'어마다모바일앱바라.'

'네, 어머님~ᄮ'

어머님께서는 직장에 다니시다 50대 중반에 그만두셨다. 큰며느리인 내가 첫아이를 낳자 손녀를 봐주시기 위해서 퇴직하신 것이다. 결혼할 때만 해도 지금의 내 나이보다 젊으셨다.

그런데 큰아이를 키우면서 어느 날 어머님이 갑자기 노인이 되신 것 같아 죄송한 마음도 많았다. 어머님께서 아이도 키워주시고 집안일도 해주신 덕분에 나는 직장에서 마음껏 일에 열중할 수 있었다.

뒤늦은 학업에 승진을 위한 공부도 했어야 하므로 그만큼 집안일에 소홀하였기에 죄송하고 또 넘치도록 감사한 마음이다. 아이들도 할머니의 정성을 알기에 언제든 엄마보다 할머니를 먼저 챙겨 키워드리니, 어머니도 손주들을 키워준 보람을 조금이나마 느끼시지 않을까 싶다.

큰딸인 내가 친정보증으로 힘들어할 때도 어머님은 이해해 주시고 오히려 나를 염려해 주셨다. 어머님의 한없는 이해심에 감사할 따름이다.

어머님은 숨어있는 요리 고수이시다. 요리에 대한 창의력도 있으셔서 기존 요리에 응용으로 새로운 멋진 요리도 척척 해 놓으셨다. 우리 가족의 건강은 모두 어머님의 정성에서 나왔다고 할 수 있다.

아버님은 지금 89세이신데 매일 용인에서 서울보훈사무실에 출퇴근하실 정도로 건강하시다.

"와우! 모두 건강식이네요."

어머님 아니면 어디에서도 먹어볼 수 없는 '엄마표 건강식단'.

가끔 직원들에게 식탁사진을 보여주면 다들 부러워하곤 했다. 연세가 드시니 이제 내가 '엄마표 건강식단'을 물려받기 위해 어머님의 레시피를 몇 년 전부터 기록해오고 있다.

"애미야, 뭐하러 적어놓니. TV나 인터넷 보면 다 나오는데…"

"어머니만의 레시피가 필요해요. 우리 가족은 어머님 요리를 제일 좋아하잖아요."

'어마다대추샀지마아버지가샀웃서다.'
'엄마다추엇탕사올레이릿분맛부탁하다.'
'엄마다지현이가불고기주문했다.'
'다갓는지궁금하다엄마가.'

자주 사용하시다 보니 조금씩 실력이 늘어난다. 바쁘다는 핑계로 문자를 잘 보내지 않는 며느리에게 오늘도 천안교육원에서 올라오는 빗길 조심하라 문자를 보내셨다.

'비깃옛조심조심여기는비웃다.'
'네, 6시쯤 도착해요~ᄿ'

진짜 맛있었을까?

강지원

당감3동우체국에 발령이 났다. 다행히 모든 실적은 좋은 편이었고, 직원들과 분위기도 좋았다.

직원들이 불편한 점이 있다면 점심시간이다. 인근에 식당이 없어서 점심시간만 되면 뭘 먹을지 고민이었다.

'점심을 어떻게 하면 좋을까?'

휴게실로 들어가서 냉장고 문을 열어봤다. 몇 가지 야채가 있었다. 이걸로 무엇을 해 먹을 수 있을까?

핸드폰 레시피를 찾았다. 핸드폰만 있으면 만들지 못할 요리가 없을 것 같았다.

첫 점심을 준비했다.

3일 정도 점심을 하고 나니 고민을 했다.
'내가 과연 끝까지 점심을 할 수 있을까?'
'그냥 시켜 먹을까?'

어떤 음식을 해도 직원들이 맛있게 먹었다.
'국장님 정말 맛있어요.'
하루는 다음 날까지 먹을 것이라고 준비를 했는데 직원들이 다 먹어버렸다. 깨끗하게 비운 그릇이 점심을 하지 않으면 안 되는 의무감이 되어버렸다. 한 번도 끓여본 적 없는 팥죽까지 끓이게 되었다.
맛있게 먹어주는 직원들의 표정이 나를 행복하게 했다.

'국장이 무슨 점심만 하나?'
이렇게 생각하는 사람들도 있을 것이다. 하지만 2년 동안

했던 점심준비가 내 이미지를 바꾸어 주는 계기가 된 것은 사실이다.

당감3동우체국에서 나는 최선을 다해 직원의 점심을 챙겼다.

"리더는 직원이 가장 필요한 것을 채워주는 것이다."
다시 그 시간이 온다고 해도 점심을 해 줄 것이다.

그런데 요즘 식사 시간만큼이라도 개인적인 시간을 갖고 싶다는 젊은 직원들을 보면 가끔 이런 생각이 들기도 한다.
그때 그 직원들, 정말 감사하는 마음으로 먹었을까?
진짜 맛은 있었을까?
함께 하던 그때의 정이 그리운 날들이다.

백지로 온 편지

최수경

사연 너무 많아 쓸 수가 없었겠지
쓰고 또 쓰다가
눈물 한 방울 떨구고 백지로 보냈겠지

그런다고 마음 모르겠나
하고 싶은 말 그리도 많았다는 것을

백지로 보내 온 그 사연
읽고 또 읽어도 끝이 없네
그래 안다 그 마음
또한 나의 마음인 것을

사랑은
머물지 않는 바람 같은 것이라지만
어찌 내가 모르겠나
너만은 아니라는 것을

밤 새워 쓰던 답장
끝내 쓰지 못하고
나마저
눈물 두 방울
빈 봉투에 담아 보냈네

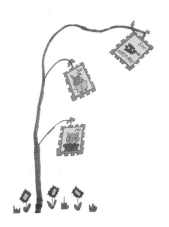

한 번 직장은   정옥자
영원한 직장, 우리 우체국!

"국장님! 보령우체국장 정옥자입니다. 한번 모시고 싶은데 사모님하고 같이 오시지요."

"언제요?"

"5월 14일 화요일 11시입니다."

"알았어요. 갈게요."

한 분 한 분 전화를 드려서 보령우체국 <개국 99주년 기념 역대국장님 초청행사>를 실시했다.

2012년 1월 1일, 32년 공무원 경력 중 24년을 근무한 보령우체국장으로 발령을 받았다. 잘 아는 직원들과 함께 근무하면서 늘 마음 한쪽으로는 모셨던 역대 국장님들을 한번 초청하고 싶다는 생각을 하고 있었다. 마침 보령우체국 개국 99주년 기념(2013.10.11.)행사를 계획하면서 추진하기로 했다.

1980년에 우체국 첫 근무 발령장을 주셨던 22대 국장님은 연락처를 알 수 없어 모시지 못했고, 23대~39대 국장님 중에 현직에 있어 청 행사로 참석하지 못한 2분과 건강악화

로 참석하지 못한 2분을 제외하고, 총 12명의 국장님과 사모님을 모신 1박 2일의 행사를 성대하게 치룰 수 있었다.

　개인적으로 소장했던 국 행사 사진과 국장님과 함께 찍었던 빛바랜 사진들을 모아 역대 국장님 순으로 동영상을 만들어 식전 행사로 상영했다. 오전에는 현재 우체국 업무 현황을 보고 드린 후 각 국장님들께서 한 말씀을 하는 것으로 행사를 치렀다.

　오후에는 레일 바이크 탑승과 예술 공원 관람 등 국장님들께서 근무할 때 누비고 다녔던 보령지역 곳곳을 둘러보는 것으로 행사를 진행했다.

　당시는 우체국 수련원이 무료로 운영되어서 국장님마다 1실의 수련원을 배정해 드릴 수 있었다. 아침식사까지 함께하고 해산하는 것으로 일정을 짰다. 그 동안 받았던 큰 사랑에 조금이나마 보답할 수 있는 소중한 자리였다.

　연세가 많아서 걸음이 불편했던 국장님께서는 사모님의 손을 꼭 붙잡고 다니면서 지난 날을 회상하셨다. 한 말씀 하

실 때 영웅담처럼 자부심을 드러내셨던 국장님! <보령대천
김>의 비약적인 발전으로 새벽부터 밤늦게까지 소포우편물
발송 작업을 했던 이야기! 경영평가 실적에서 대상 기를 흔
들었던 이야기, 보령우체국은 서로 근무해 보고 싶어 해서
경쟁이 치열했다는 이야기 등등.

옛날을 회상하며 마냥 설레며 좋아하셨던 전임 국장님들
의 모습은 지금도 잊을 수 없는 소중한 기억이다.

한 번 직장은 영원한 직장, 우리 우체국의 자부심이 빛나
는 순간이었다.

이영구

철학, 우체국

'나는 누구인가?'
'왜 사는가?'

인간이 태어난 후 자아에 대해서 인식하기 시작하면서부터 누구나 하는 질문이겠다. 어렸을 때 나는 이런 생각이 많이 들었다.

'나는 어디서 왔지?'
'다리 밑에서 주워왔다고 하는데, 우리 동네에는 다리가 없다. 그럼, 멀리서 데리고 왔나?'

어렸을 때 이만한 철학적인 질문이 없지 않은가?
하지만 좀 자라고 나서는 별 생각이 없었다. 그저 놀기가 좋아지면서 그런 철학적인 질문이 나의 곁에 머무를 공간과 여유가 없었던 것 같다.
그 후로 오랜 시간이 지났다. 30년간 바쁘게 살아온 시간이다. 짧다고도 할 수 있지만 나에게는 긴 시간이었다. 바쁘게 살아 온 시간이 지나면서 한편으로는 계속 바쁘기를 희망한다. 하지만 그것도 뜻대로 되기는 어려운 것을 알 만한 나이가 되었다. 아쉬움과 후회만 남는 것이 인생이라고 하지만 이 질문이 나에게 가까이 다가와 있는 것이 생경한 것이다.

'왜 사는가?'

문득문득 질문이 나를 내려다보기도 하고 쳐다도 보지만 그때마다 대답을 찾기가 쉽지 않다. 아마 영원히 답을 찾지 못할 것 같은 불길한 예감은 시간이 지날수록 점점 더 진하게 다가오면서 후회와 함께 상승 작용을 일으킨다.

많은 사람들이 이 질문에 답을 구하기 위해서 고민하고 사유한다.

'행복을 위해서 사는가?'
'자유를 위해서 사는가?'
'명예를 위해서 사는가?'

사람의 생각에 따라서 답을 구한 사람도 있고, 구하지 못하는 사람도 있다. 답을 구한 사람들의 결론 또한 다 다를 것이다.

　'왜 사는가?'

　결국 이 질문에 대한 정답은 없는 것이다.

　'왜 사는가?'

　이 정답 없는 질문에 대한 답은 '내 생각대로 사는 것', 이것이 나에게 정답일 것이다.

　살기 위해서 사는 사람도 있고, 사니까 사는 사람도 있을 텐데, 어떤 것이 좋고 어떤 것이 나쁘다고 할 수 있는가?

　나는 이제 이 질문에 대한 답을 굳이 찾으려고, 구하려고 애쓰지 않겠다.

　살아지는 대로 살아가는 것이 정답이다. 이렇게 생각하면서 살아가고자 한다.

　글을 쓰면서 접한 이번 기회를 통해 짧은 시간이지만 여러 사람들과 함께 삶에 대해 공유하고, 삶을 느낄 수 있는 기회를 가지고 도달한 결론이다. 나름의 이유를 가지고 열심히 살아온 사람들의 삶은 새로운 삶의 힘을 준다는 것을 다시 한번 느끼게 되었다.

'그렇게 살아가면 돼!'

우체국 안에 이렇게 많은 삶의 이야기가 있다. 멋있는 이야기도 있고, 아픈 이야기도 있고, 즐거운 이야기도 있고, 안타까운 이야기도 있다. 그것들이 다 삶 그 자체다.

우체국이라는 메타포(Metaphor)를 통해서 세상과 소통하면서 쌓아온 이야기들, 그 어느 이야기보다도 진솔하고 의미있는 이야기, 즉 삶이 있다.

'나는 누구인가?'

'왜 사는가?'

우체국을 통해서 세상과 연결되고 만들어진 이야기들로 이 질문에 대한 답을 찾게 해준다. 나만의 답을 찾게 해준다. 그 어떤 철학자보다 철학책보다도 깊이 있는 깨달음을 준다.

'우체국이 철학이다!'

쓰고 또 쓴 편지건만

최수경

문득 보고 싶다

편지지 한 장 펼쳐놓고
펜은 들었는데
마음 가득했던 생각들이 써지지 않는다

그리움도 적당해야지
몇 날을 쌓아 두었더니
무엇부터 꺼내야 할지

그럴 리 없겠지만
보고픈 마음 달아나면 어쩌나
하고 싶은 말 다 채울 수 있을까

틀렸다
바람 한 줄기 불어 오거든
그에게 물어라 내 마음을

꽃잎에 쓴 편지

최수경

아주 먼 곳의 그대를 보고
그만큼 먼 곳의 그대를 듣고
때로는 그대를 느끼며
쓸쓸한 비 내려 울적한 날
찻집에 홀로 그대 그립니다
차 한 잔에 꽃잎 띄우고
그리워하는 마음
그대 아시나요

가끔은 먼 산을 보고
더러는 하늘을 바라볼 때면
바람소리 따라
그대가 들립니다

찻집 아래 호수에 그대
손짓 닮은 반짝이는 물비늘
떠돌던 구름 한 점 호수에 내리고
한 줌 바람 갈대숲에 숨어 웁니다

노을이 서쪽 하늘 물들일 때
어둠은 우두커니 곁으로 다가서고
저녁을 마중하는 시간
차 한 잔에 띄워놓은 꽃잎
살며시 불어 봅니다

어디론가 떠나야 할 시간
그리움인지 외로움인지
보이지 않는 바람 무심히 스쳐가고
의미 없는 헛기침과
꽃잎만 남은 찻잔을 내려봅니다

알잖아요 내 마음

함께 해주신 우체국 사람들!

이영구 (우정공무원교육원 원장)
공직에 입문하기 전에는 삼성전자에서 27년을 인사, 교육부문에 근무하면서 핵심인재 채용·교육을 통해서 삼성 휴대폰 세계 1등 달성에 크게 기여하였다.

최수경 (춘천 칠전동우체국 국장)
우체국 공무원으로 33년 근무. 원주, 춘천, 동해, 화천 우체국을 거쳐 춘천의 김유정우체국 국장으로 근무했다.

이현숙 (부산연제우체국 우편물류과장)
우체국 공무원으로 35년 근무. 2008년 직장에서 주최한 직원들의 행복이야기 '아름다운 도전, 행복한 인생'으로 동상을 수상했다. 석사논문으로 〈우체국 택배이용에 영향을 미치는 요인〉 등이 있다.

송지은 (인천남동우체국 영업과장)
우체국 공무원으로 28년 근무. 제2회, 제3회 공무원 문예대전에서 연속 우수상을 받기도 했다.

홍순희 (강원지방우정청 우정사업국장)
우체국 공무원으로 38년 근무. 2004년 헬싱키 경제대학원 E-MBA 취득, 우정사업정보센터, 정보통신부 정보화기획실, 우정사업본부에서 20년 근무. 2014년 서기관 승진, 2016년 원주우체국장 역임. 취미는 그림그리기.

이용숙 (평택우체국 영업과장)
우체국 공무원으로 36년 근무. 2016년 폭력예방통합교육 강사 자격 획득으로 인생2막을 준비하였다.

김미화 (국제우편물류센터 근무)
국제우편물류센터에서 우체국 공무원으로 25년 근무.

정옥자 (우정공무원교육원 우체국 문화팀장)
우체국 공무원으로 38년 근무. 〈보령 대천 김!〉 우체국쇼핑으로 전국 최다 공급되도록 상품화 하였으며, 우표를 활용한 「우표문화 초·중등 교육용 콘텐츠」를 제작해서 인성교육용 프로그램으로 확산하는 일에 주력하고 있다.

박주용 (진안우체국 우정노조지부장)
우체국 공무원으로 33년 근무. 전국 최초 다문화 가정에 한국의 정보내기 사업, 전북도민일보의 도민기자, 진안군청 소식지 편집위원장 등 우체국 홍보를 도맡아 했다.

김선희 (예천우체국 경영지도실장)
우체국 공무원으로 28년 근무. 늘 슈퍼우먼이 되어야 했기에 문학소녀의 꿈은 잠재우고 있었지만 막내가 고3이 되고 직장에서도 여유가 있으니 꿈을 살며시 깨워봅니다.

정인구 (의령우체국장)
우체국 공무원으로 33년 근무. 독서모임 〈지혜나비〉, 〈동래큰솔나비〉를 운영하고 있고, ABBA 멘토로 가정사역운동에 노력하고 있다. 저서로 〈지금 당신의 삶을 찾아라〉가 있다.

강지원 (부산진우체국 우편물류실장)
우체국 공무원으로 33년 근무하면서 직원들이 꿈을 가지고 행복하게 살아갈 수 있도록 동기부여자로 건강한 에너지를 주는 리더의 역할을 하고 있다. 저서로 〈준비하는 삶〉, 〈부부탐구생활〉 등이 있다.

진상현 (영월상동우체국 국장)
우체국 공무원으로 18년 근무. 원주우체국 예금 VIP실 팀장으로 역임했다. 저서로는 〈신과의 만남 - 전쟁의 서막〉(상, 중, 하)가 있다.

우체국 사람들
어머, 공무원이었어요?

초판인쇄	2018년 9월 11일
초판발행	2018년 9월 14일

지은이	이영구 최수경 이현숙 송지은 홍순희 이용숙 김미화
	정옥자 박주용 김선희 정인구 강지원 진상현

펴낸곳	출판이안
펴낸이	이인환
등록	2010년 제2010-4호
편집	이도경 김민주
주소	경기도 이천시 호법면 이섭대천로 191-12
전화	031) 636-7464, 010-2538-8468
제작	세종 PNP
이메일	yakyeo@hanmail.net
SBN	979-11-85772-55-4(03810)
가격	14,000원

이 도서의 국립중앙도서관 출판시도서목록(CIP)은 서지정보유통지원시스템 홈페이지(http://seoji.nl.go.kr)와 국가자료공동목록시스템(http://www.nl.go.kr/kolisnet)에서 이용하실 수 있습니다.(CIP제어번호: CIP2018028582)